ANDREY KURKOV

СМЕРТЬ ПОСТОРОННЕГО

這是一本活歷史的小說

各位好，我在永恆永遠的基輔。

我最近一直在想，時間過得眞快，尤其是現在，尤其在戰時。我就要六十一歲了。回顧過往，我這一生過得很幸福，沒有太多悲傷或太過起伏的經歷。但戰爭使我成了難民；而當你拋下一切，沒有人會想回頭看。於是我問自己，前方有什麼？我不知道。但我是樂觀的人，我相信烏克蘭會勝利，這個國家會維持獨立，再站起來。

烏克蘭不再有書籍出版，印刷機都停了。作家也停了，至少停止寫小說，轉而寫新聞。我也放下小說，開始寫文章、短論和日記。

這時，突然有人要我替一本超過廿五歲的小說寫序。《企鵝的憂鬱》，一本關於基輔、關於企鵝米沙和他的訃聞作家主人維克多．佐洛塔尤夫的小說。

作家布爾加科夫稱基輔是「永恆之城」；對於生於基輔的我，它也是永遠的城市。但我不得不離開基輔。此刻我們住在別人的公寓，窗外是清晨，依然很冷，但回想這本小說令我溫暖。《企鵝的憂鬱》充滿黑色幽默，關於蘇聯解體後戲劇化的頭幾年，關於當時的困苦、企鵝米沙的寂寞，還有維克多的寂寞，因爲他不知如何適應新生活。他不理解其中的規矩。

我在一九九五年寫下這本小說，當時所有的人都覺得最壞的已經過去。我對自己的國家充滿光明的企盼。我看見烏克蘭成爲一個正常的歐洲國家，想像自己擁有幸福的家庭生活。當時我和妻子還沒有孩子，在困苦中生活不算太難。

如今，我的兒子正在匈牙利邊境協助來自全烏各地的難民，女兒則在倫敦協助對烏克蘭的人道救援。如今全世界都支持烏克蘭，代表大多數讀者也是。

記者找我談戰爭的事。他們常問我：我們還能爲烏克蘭做什麼？我回答：你們可以多讀介紹烏克蘭的書，多讀烏克蘭作家的書。從書裡你們就會明白烏克蘭和俄國哪裡不同，就會知道烏克蘭人希望什麼、寫些什麼。你們要是對烏克蘭和烏克蘭的歷史一無所知，就不會了解這場戰爭的原因，不會明白烏克蘭人爲何要挺身捍衛自己的國家，對抗龐大野蠻的俄羅斯軍隊。

就連《企鵝的憂鬱》裡那憂鬱的企鵝米沙，也能比谷歌告訴你更多烏克蘭的事。這樣說或許誇張，但離事實不遠。這本小說是一部活歷史。書中所有的人都還活著，生活在我們身邊。我有時會想他們現在過得如何。誰成了難民，誰去了前線，誰出了國？

維克多·佐洛塔尤夫已經六十歲了。他這會兒或許在國土防衛隊，駐守基輔某個路障或檢查哨。也可能是難民，畢竟他在蘇聯解體時就曾經覺得自己像難民。

誰能想到，戰爭竟然讓世人重新對我的國家感興趣。但爲了宣傳而打仗，這個代價實在太大了！廿一世紀烏克蘭已經好幾次登上國際新聞的頭條版面：先是橙色革命，然後是廣場革命、頓巴斯戰爭和克里米亞被併吞。這正是烏克蘭和其他較穩定國家的不同處：這裡什麼都更誇張、更不成比例。烏克蘭是有組織無政府主義的誕生地，這裡的人甚至連自己選出的政治人物都不接受！烏克蘭已經有四百多個政黨，卻還是不斷冒出新的。可惜烏克蘭還沒有企鵝黨，有的話我一定加入。我已經知道這個黨的圖騰了，我猜你們也知道。沒錯，就是企鵝米沙，誰叫他見證過一九九〇年初那個艱困的大時代。

你可能會問，我怎麼沒說企鵝米沙現在在哪裡。其實我希望由你決定，因爲讀者應該有想像的自由！這很重要。只要知道你覺得企鵝米沙此刻命運如何，我就能拿你的想像和我的做比較，說不定會發現你的想像比我棒。畢竟我的想像曾被戰爭傷害過。

安德烈·克考夫，二〇二二年三月

1

先是一顆石頭落在維克多腳邊，離他不到一公尺。他回頭看，只見兩個蠢蛋對他冷笑，其中一人彎腰從龜裂的石子路上撿了另一顆石頭，像玩滾石子遊戲似的朝他拋來。維克多加快腳步繞過街角，告訴自己千萬不能用跑的。他回到住處街上，抬頭看了時鐘，九點整。沒有聲音，也沒有人追來。他走進公寓，心裡已經不再害怕了。那些老百姓，他們已經付不起一般的娛樂了。生活那麼無聊，他們只好開始丟石子。

維克多打開廚房的燈，燈還沒亮就熄了。他們把電停了，說斷就斷。黑暗中，他聽見企鵝米沙的腳步聲，不疾不徐的。

米沙是一年前住進他家的。那時動物園正在分送動物，將飢腸轆轆的動物送給能餵飽牠們的人。維克多去了動物園，回家時便多了一隻國王企鵝。他前一週才被女友拋棄，覺得很寂寞，但米沙也有牠自己的孤單，於是兩個就這樣互相寂寞著，感覺更像彼此依賴，而不是親密的夥伴。

維克多翻出一根蠟燭，點燃之後裝進一只美乃滋空罐裡擺在桌上。微弱的燭光散發著無憂無慮的氣氛，很有詩意，讓他忍不住在昏暗中尋找紙和筆。他坐在桌前，對著紙和蠟燭，感覺白紙在求他寫些什麼。他要是詩人，此刻肯定文思泉湧。可惜不是。他只是一名困在新聞報導與粗糙散文之間的作家。短篇小說已經是他的極限。非常短的短篇小說，短到就算領了稿費也不足以過活。

轟的一聲槍響。

維克多衝到窗邊，臉貼著玻璃往外看。什麼都沒有。他回到桌前，剛才的槍聲已經給了他一個靈感。不過就那麼一頁，沒再多了。他剛爲自己最新的短短篇小說畫下可悲的句點，電就來了，天花板的燈泡亮得刺眼。維克多吹熄蠟燭，從冰箱拿了一條青鱈魚放進米沙碗裡。

2

隔天早上，他將昨天的短短篇打成白紙黑字後，就告別米沙出門了。頭一站是一家新成立的凱子報社。他們什麼都登，從食譜到後蘇聯時代的戲劇評論一概不拒絕。他認識報社的總編輯，偶爾會相約喝個爛醉，再由總編的司機開車送他回家。

總編輯笑臉相迎，拍了拍他的肩膀，吩咐祕書去泡咖啡，接著便恢復編輯本色，拿起維克多的大作品評一番。

讀完之後他說：「不行啊，兄弟。別誤會，但這篇文章真的不行，需要再血腥十倍，或來點畸戀什麼的。別忘了報紙的短篇文章就是要腥羶色啊！」

維克多沒等咖啡來就離開了。

首都新聞報的辦公室就在附近。那裡的編輯部沒有維克多的熟人，於是他便到藝文部試試手氣。

年紀頗大的助理編輯親切地說：「我們其實不登文學作品的，但你還是把小說留下來吧，誰曉得會怎樣？說不定某個週五能見報，你知道，爲了平衡版面。讀者看了太多壞消息會想來一點清淡的，至少我就會。」

說完那小老頭遞了一張名片給他，就回到堆滿稿子的桌前坐下。維克多這時才發現對方根本沒請他進辦公室，兩人是在門口聊的。

3

兩天後，電話響了。

「這裡是首都新聞報，抱歉打擾您了，」女人的聲音，語氣清脆俐落。「我們的總編輯在線上，想跟您談談。」

某人接過話筒。

「維克多．艾列克塞耶維奇嗎？」一個男的問道。「你能不能今天來我們這裡一趟？還是沒空？」

「我有空。」維克多說。

「那我派車去接你，藍色的志古利。告訴我地址。」

維克多報完地址，總編輯說了一句「待會兒見」就掛了電話，連名字也沒說。

維克多打開衣櫥挑選襯衫，心想報社找他是不是爲了那篇小說。機率不高……那篇小說對他們能有什麼用處？不過，管他的！

藍色志古利就停在公寓入口。司機很客氣，將他載到報社去見總編輯。

總編輯看起來不像跑新聞的人，反倒像上了年紀的運動員。也許眞的是。不過他眼神裡的嘲諷還是騙不了人。那種神情只可能出於智慧與學問，不可能來自成天泡在健身房的人。

「坐吧。要來點干邑白蘭地嗎？」他一邊說著，一邊像主人似的揮手要維克多坐下。

「可以的話，我想來點咖啡。」維克多說著在面對大辦公桌的一張皮椅上坐了下來。

「兩杯咖啡，」總編輯拿起電話交代一句，接著親切地說：「你知道嗎，我們前幾天才聊到你，結果我們的藝文助理編輯波利斯·李奧納多維奇昨天就拿了你寫的小文章來找我，要我讀讀看。我看了，寫得很不錯，看完忽然想起之前為什麼會聊到你，就覺得我們應該見個面。」

維克多客氣地點了點頭，伊格爾·羅夫維奇露出微笑。

「維克多·艾列克塞耶維奇，」他接著說：「你要不要來我們這裡工作？」

「寫什麼？」維克多問，心裡暗自擔憂又要重拾記者的苦力生活了。

伊格爾·羅夫維奇正想解釋，祕書就端著咖啡和一罐糖進來了。羅夫維奇閉上嘴巴，直到祕書走了才開口。

「這件事是最高機密，」他說：「我們正在找一名文筆出衆的訃聞記者，專門寫一些高來高去的漂亮文章。你懂我的意思嗎？」他一臉期待望著維克多。

「你是說坐在辦公室裡等人死掉？」維克多小心翼翼地問，深怕對方說是。

「不是，當然不是！你做的事比這個更有趣、更有責任多了。你的工作是無中生有編出一篇緬懷文，我們稱之爲訃聞，對象從官員、幫派分子到文化界人士都有，反正就是那些人，而且在他們還活著的時候寫。但我希望能用前所未有的方式來描繪死去的人。你的小說讓我覺得你就是最佳人選。」

「薪水呢？」

「起薪三百元，工時由你自己決定。當然你得讓我知道你挑了誰，免得害我們哪天在路上被車撞了還不曉得。喔，還有一個要求，你得用假名。這樣對你、對大家都好。」

「什麼假名？」維克多問。他說這話一半在問伊格爾，一半問自己。

「你自己想。要是想不出來，就先用**一群老友**吧。」

維克多點點頭。

4

上床前，維克多喝了茶，想了一會兒死亡的事，但沒有很認真。他的心情不是很好，應該喝伏特加而不是茶，只是他沒有伏特加。

好特別的工作！雖然他對要做什麼還是一頭霧水，卻有一種即將做一件不尋常的新鮮事的預感。不過，企鵝米沙一直在漆黑的走廊走來走去，不時敲打廚房的門。最後他終於良心不安，開門讓米沙進來。米沙在桌旁停留片刻，用一米左右的身高看了看桌上有什麼。牠瞄了熱茶一眼，隨即轉向維克多，用黨工般真誠又睿智的眼神望著他。維克多覺得應該給米沙一點報償，便走到浴室打開水龍頭。米沙一聽見水流聲便搖搖擺擺跑進浴室，不等浴缸水滿就一個縱身翻了進去。

隔天早上，維克多到首都新聞報去找總編輯，想請他給一點實用的建議。

「名人那麼多，我們該從何選起？」他問。

「這還不簡單？你看新聞報誰，就從裡面挑一個。不是所有烏克蘭的名人都會上報的，你知道，而且不少人寧可這樣……」

那天傍晚，維克多買了所有報紙，回家坐在廚房桌前開始用功。

他看的第一份報紙給了他許多素材。維克多畫了一些大人物的名字，然後謄到筆記本裡「備用」。他根本不必擔心沒東西可寫，光是頭幾份報紙他就抄了六十多個名字！

喝完茶之後，他又有新的想法，這回就和「緬懷人物誌」有關了。他覺得自己已經發現該如何替它「賦予生命」同時「撩動人心」了。這樣一來，就算腦袋簡單的集體農場工人，就算他從來沒聽過那個過世的傢伙，讀完也會一掬同情之淚。到了隔天早上，維克多已經有了第一篇「人物誌」的雛形，就等總編輯青睞。

5

隔天早上九點半，維克多得到了總編輯的核可，喝了咖啡，鄭重其事領了報社工作證，在路旁跟小販買了一瓶芬蘭帝亞伏特加，接著便前往拜訪曾是作家，現爲國家議會副主席的艾歷山卓維．亞可尼茨基了。

聽說首都新聞報的記者求見，副主席非常開心，立刻吩咐祕書取消所有原定的約會，也不再接待其他訪客。

坐定之後，維克多拿出伏特加和錄音機擺在桌上，副主席立刻生出兩只小水晶酒杯，放在酒瓶兩旁。

不等維克多發問，他就開始暢談自己的工作與童年，以及大學時擔任共產主義青年團召集人的過往。伏特加喝完時，他正在大談車諾比旅行的經驗。那幾趟旅行似乎順帶提升了他的性能力。不相信的話，去問他擔任私校教師的妻子和身爲國家劇院首席女主角的情婦就知道了。

告別前，兩人互相擁抱。維克多感覺這位前作家兼國家議會副主席果然是一號人物，只是以訃聞來說似乎太活力充沛了些。不過，本來就該這樣才對！訃聞寫的是剛過世的人，本來就該保留他們人性的餘溫，不應該全是絕望的哀傷！

回到公寓後，維克多開始撰寫訃聞。他花了兩頁篇幅，以溫暖的筆調「緬懷」副主席的一生榮辱，完全沒有重聽錄音機的內容，因為一切都還在他記憶中，無比鮮活。

「太精采了！」隔天早上，伊格爾．羅夫維奇興奮地說。「希望女主角的老公能夠閉嘴……今天可能會有不少女人為了他而哭泣，但我們最該慰問的其實是他的妻子，以及另外一位，那曾經為了他引吭高歌，聲音響徹國家劇院的美麗女郎。太美了！保持下去！繼續寫出這麼棒的東西來！」

「伊格爾．羅夫維奇，」得到稱讚後，維克多的膽子稍微大了一些。「我手上沒什麼資料，訪問人又需要時間。我們沒有口袋人選嗎？」

總編輯笑了。

「當然，我正想跟你提——在刑事組。我會叫佛尤多給你權限。」

6

維克多漸漸習慣工作，他的生活也跟著起了變化。他變得非常投入……刑事組的佛尤多簡直是天賜的禮物，不僅知無不言，而且眞的知道很多，從大人物的情人（男女都有）、他們的道德瑕疵到大小生活事件，他都瞭若指掌。總之，從他那裡，維克多得以一窺那些隱藏在履歷之外、有如上好印度香料，讓憂傷但確鑿的事實變爲辛辣八卦的種種故事。每隔幾天，他就將一批新貨送到總編輯面前。

一切都很順利。他口袋裡有了錢，雖然不多，但他需求不高，這樣的收入已經夠用了。唯一煩心的是沒人認識他，就算假名也沒人聽過，因爲他「緬懷」過的名人都活得好好的。他寫了一百多個大人物，不僅沒有一個駕鶴西歸，就連病號也沒有。不過，這些想法並未阻礙維克多的工作進度。他勤奮翻閱資料，記錄人名，勉力鑽入他人的生命之中。他不斷告訴自己：**烏克蘭必須認識自己的大人物**。

十一月某個下雨天，企鵝米沙正在泡冷水澡，維克多正在想他筆下主角爲什麼都不會死的時候，電話響了。

「伊格爾．羅夫維奇要我打給你，」男人喘息著說：「我有件事想談。」

既然是總編輯介紹的，維克多便說他很樂意碰面。半小時後，一名打扮瀟灑的四十五歲男人出現在他家門口，手上拿著一瓶威士忌。兩人直接走到廚房桌前坐了下來。

「我叫米沙。」那男人說。維克多聽了覺得有趣又有點尷尬。

「抱歉，」他解釋道：「我的企鵝也叫米沙。」

「我有一個老朋友病得很重，」訪客切入正題。「他和我同樣年紀，我們從小就認識了。他叫塞爾蓋．契卡林。我想爲他預定一篇訃聞……您願意接嗎？」

「當然，」維克多說：「但我需要一些材料，最好是個人資訊。」

「沒問題，」米沙說：「他的事我統統知道，可以跟你說。」

「那就請說吧。」

「他父親是裁縫，母親是托兒所老師，小時候的夢想是擁有一輛機車。畢業時他買了一台明斯克機車，不過有一點半偷半買的味道……他深深以過去爲恥，但現在也好不到哪裡去就是了。我們是同事，我和他。我們經常往來，彼此越來越信任。我日子過得很好，他沒有。老婆最近剛離開他，之後一直孤家寡人，連情人都沒有。」

「他太太的名字是？」

「蕾娜……總之，他過得很不好，健康也是。」

「是哪方面的毛病？」

「可能是胃癌，還有慢性前列腺炎。」

「他最想要的東西是什麼？」

「他永遠無法得到的東西，一輛銀色林肯轎車。」

在話語和威士忌的混合作用下，塞爾蓋．契卡林鮮活了起來，彷彿和他們一起坐在桌前。一個人生的輸家，被妻子拋棄、身體虛弱、孤家寡人、健康欠佳，作著不可能實現的白日夢，想擁有一輛銀色林肯轎車。

聊完後，米沙問：「我什麼時候來拿？」

「方便的話，明天來吧。」

米沙離開之後，維克多聽見車子發動聲，便走到窗邊往外瞧。一輛豪華的銀色長型林肯轎車揚長而去。

他拿了一條剛結凍的鰈魚給米沙，幫牠把浴缸注滿，接著便回到廚房桌前開始寫客人訂購的訃聞。隔著廚房和浴室的迷你窗，他聽見嘩嘩的潑水聲。他一邊寫著緬懷稿，想到他的企鵝最愛乾淨的冰水，忍不住露出微笑。

7

秋天是萬物垂死、憂鬱感傷、懷想過去的季節，最適合寫訃聞。冬天是歡愉的季節，遍地冰霜，白雪在太陽下閃閃發亮，是活著的好時光。但在冬天來臨前還有幾週時間累積稿子，爲來年預做準備。事情很多。

不是企鵝的米沙隔天再度來訪，外頭正好又在下雨。他讀了訃聞很開心，拿出皮夾來問：「多少錢？」

維克多已經習慣領月薪了，所以只是聳聳肩。

「聽著，」米沙說：「做得好拿錢是應該的。」

維克多沒辦法拒絕，只好點點頭。

米沙想了一會兒。

「至少比最貴的妓女多一倍……五百元如何？」

雖然不太喜歡米沙的計算方式，但金額沒話說，於是維克多點了點頭，從米沙手中接過五張百元大鈔。

「如果你不介意，我可以多介紹一些客戶給你。」米沙說。

維克多求之不得。

人類米沙離開了，早晨的細雨陰霾持續著。門開了，企鵝米沙站在門口。過了一會兒，牠走到維克多身旁，貼著主人的膝蓋窩著。維克多撫摸米沙，心想：乖孩子。

8

那天夜裡，維克多睡得很淺。他聽見睡不著的米沙在房裡走來走去，不停推門開門，不時停下腳步重重嘆息，有如為了自己和生活煩憂的老人。

隔天早上，伊格爾·羅夫維奇打電話來叫他到報社一趟。

兩人一邊喝著咖啡，一邊討論人物誌的事。基本上，總編輯很滿意。

「只有一個問題，」他說：「就是我們的準已亡者都是基輔人。基輔是首都，大人物當然幾乎都集中在這裡，但其他城市也有它們的名士聞人。」

維克多專心地聽，不時點頭。

「我們在各地都有記者，蒐集相關資料，」總編輯繼續說：「問題在於集中到報社來。郵件很慢，連傳眞也不太能信賴。所以我希望你能做點事。」

「什麼事？」

「造訪其中一、兩個城市，蒐集資料。先從卡科夫開始，如果你不介意的話，接下來去奧德薩。當然由報社出錢……」

「樂於從命。」

天空又下起細雨。回家途中，他到咖啡館待了一會兒，點了一杯干邑白蘭地和一大杯咖啡暖暖身子。

咖啡館很空、很安靜，氣氛很適合作夢或（反個方向）回憶過去。

維克多啜飲白蘭地，熟悉的酒香撩撥他的鼻子，能夠享受貨眞價實的美酒讓他非常開心。這段愉悅的咖啡館插曲，讓他徘徊在過去與未來、白蘭地與咖啡之間，勾起了他的浪漫情懷。他不再覺得孤單或不悅。他是咖啡館的貴客，來此尋求內心的溫暖。才喝了一杯上好白蘭地，他就已經溫暖四溢，向上湧到腦袋，向下直達雙腿，思緒也慢了下來。

他曾經夢想寫小說，卻始終不曾衝破短篇故事的門檻，只在檔案夾裡留下一堆未完成的手稿。然而，這些手稿注定無法完成，因爲繆斯女神對他不夠眷顧，怎麼都不曾在他的兩房公寓停留夠久，讓他至少寫完一則短篇小說。就這樣，他在文學路上一事無成。維克多的繆斯女神善變得離譜，不然就是他自己識人不明，挑到了特別不可靠的冒牌貨。誰能想到他此刻不但有企鵝爲伴，還不停擠出一點東西，而且薪水豐厚？

身體終於暖和後，維克多離開了咖啡館。外頭依然下著綿綿細雨，依然是陰霾潮濕的一天。返回住處之前，他到店裡買了一公斤的冷凍鮭魚。給米沙。

9

出發到卡科夫之前還有一件事要解決，就是把米沙託給誰。米沙可能比較喜歡自己在家裡待三天，這樣牠最開心，但維克多很不安。他沒有朋友，只好考慮認識的人，但他和他們不是沒什麼共同點，就是不太想聯絡他們。他搔搔頭，走到了窗邊。

窗外下著細雨，一名民兵站在入口和住在這條街上的一名老婦人聊天。維克多想起民兵和企鵝的笑話，不禁露出微笑。他走到床頭桌前拿起電話，查了轄區民兵的電話。

「我是費許班少尉。」電話另一頭傳來男人俐落清晰的聲音。

「抱歉打擾您了，」維克多語帶遲疑，不知道如何啓齒。「身爲您轄區的居民……我想請教您……」

「你出事了？」少尉插話。

「不是，但我說出來，您別以爲我在捉弄您。是這樣的，我得到外地出差三天，但找不到人照顧我的企鵝。」

「聽著，我很抱歉，」少尉不慌不忙地說：「但我和家母住在民宿裡，實在沒地方收留牠。」

「您誤會了，」維克多說，語氣有一點慌了。「我只是想請問您有沒有空過來幫我餵牠，來個兩、三次……我會把鑰匙給您。」

「那可以。留下你的姓名和地址，我會過去。你三點左右在家嗎？」

「在。」

維克多癱坐在扶手椅上。

就是這個扶手，一年多前，金髮嬌小、有著迷人翹鼻和一副老是斥責人的神情的奧莉雅經常靠在這個寬扶手上。她有時會頭倚著他的肩膀睡著，沉入通常沒有他在的夢境裡。只有現實才有他的立足之地。但就算在現實中，他也很少覺得奧莉雅需要他。沉默又若有所思，這就是她。自從她不告而別之後，哪些地方改變了？站在他身旁的變成了米沙。米沙也很沉默，但牠也若有所思嗎？若有所思代表什麼？或許不過就是一個描述某人模樣的形容詞？

維克多傾身向前，想在企鵝的小眼睛裡尋找若有所思的證明，但只見到濃濃的哀傷。

兩點四十五分，轄區民兵來了。進門之後才脫鞋。他的長相和名字完全兜不起來。肩膀寬闊，金髮藍眼，幾乎比維克多高出一個頭，要是不當民兵，絕對是排球隊的主力球員。

「好了，企鵝在哪？」他問。

「米沙！」維克多大喊。企鵝聽到聲音，便從牠在深綠色長沙發後方的小窩裡走了出來，上下打量民兵。

「牠是米沙——」維克多開口道，接著轉頭對少尉說：「對不起，可以請教您貴姓大名嗎？」

「我叫塞爾蓋。」

「眞的嗎？你看起來完全不像猶太人。」

「因爲我不是，」民兵笑著說：「史戴芬能柯才是我的本名。」

「米沙，他是塞爾蓋。我不在的時候，塞爾蓋會來餵你。」

說完他就帶著塞爾蓋認識他的住處，並給了他備份鑰匙。

「不會有事的，」民兵離開前說：「放心吧。」

10

卡科夫冷得要命，維克多一下火車就發現自己穿得不夠暖和，沒辦法在市區裡走動。他在卡科夫飯店打電話給駐地記者，兩人約好傍晚在歌劇院樓下的一間咖啡館碰面。到了傍晚，他沿著蘇米街走到歌劇院，不僅臉上沾了薄霜，插在短羊皮外套裡的雙手也凍麻了。

馬路旁的房子都灰沉沉的，所有人都匆匆忙忙，好像深怕房子會倒塌或陽台會掉落似的——最近這兩件事越來越不稀罕了。

他又走了五分鐘才抵達歌劇院樓下。在迷宮般錯綜複雜的酒吧、店家和咖啡館之中，他得找到一家有舞台和兩層座位的咖啡館，坐在上層前排，面向舞台，對了，還要點一杯柳橙汁和一罐啤酒，啤酒不能先開。

雖然他們抓了半小時的緩衝時間，六點半到七點到都可以，但他還是想早一點抵達，因為實在太冷了。

他要點東西來吃，他心想，熱熱燙燙肉又多的……

到了歌劇院，他看見通往地底文明世界的甬道，遠離了燈光昏暗的夜晚市區，直達燈火通明的花花櫥窗。

樓梯上端站了兩名老婦人和一名容貌模糊的年輕醉漢，正在向人乞討。

維克多走過幾條燈光明亮的廊道，來到了咖啡館。玻璃門內坐著一名身穿特勤民兵制服的男子正在看書。維克多走進咖啡館，男子抬起頭來。

「你要去哪裡？」他問，但只有一絲絲軍人的不容違抗。

「找東西吃。」

特勤民兵揮手放他通行。

維克多穿越酒吧，幾名凶神惡煞的客人正在喝啤酒。禿頭酒保帶著不懷好意的笑容盯著他看，彷彿在說：往前走就對了，別回頭！

前方的耀眼燈光讓他加快腳步來到了小舞台前。舞台圍了半圈桌子，分成上下兩層，高度相差半公尺。

他到吧檯點了柳橙汁和一罐啤酒。

「就這樣？」身材圓胖、頭髮漂金的女酒保問。

「你們有帶肉的餐點嗎？」

「醃魚排、煎蛋……」女酒保漠然地說。

「那先這樣吧。」他輕聲回答。

維克多付了錢，到上層找了一張面向舞台的桌子坐下。他喝了一口果汁，感覺肚子更餓了。好，他暗自決定，他們等一下要去飯店用餐，那裡有一家餐廳。他看了看錶，六點二十分。

店裡很安靜，隔桌兩名亞塞拜然人默默喝著啤酒。維克多轉頭環顧店內，突然被一道強光照得眼前一花。等他回過神來，只見一名男子拿著相機匆匆朝走廊奔去。他轉頭想看是誰被偷拍了，但除了他和兩名亞塞拜然人之外，什麼人也沒有。

維克多喝著柳橙汁，心想那就是他們了。

時光匆匆，轉眼他杯子裡的柳橙汁只剩一口了。他瞄了啤酒一眼，心想是不是另外點一罐來喝。

這時，一名身穿牛仔褲和皮衣的妙齡女子出現在他桌旁，臉上緊緊纏著圍巾，只有後腦勺露出一截栗色的馬尾。

她在他身旁坐下，用塗著濃濃睫毛膏的眼睛打量他。

「你在等我嗎？」她微笑道。

維克多尷尬地聳聳肩。

不對，那記者是男的。這是他慌張下的第一個念頭。但可能是他請她來的……

他瞥了一眼，想看她有沒有帶檔案夾或公事包，裡面可能有相關文件，但女孩只帶了一個小手袋，連一罐啤酒都裝不下。

「怎麼樣，親愛的，還是你沒時間？」她再次表明態度。這下他明白了。

「抱歉，」維克多說：「但妳搞錯了。」

「我很少搞錯，」女孩一邊起身，一邊甜甜地說。「但凡事都有第一次。」

好不容易回復一個人，維克多鬆了口氣，又看了一眼啤酒，接著看看錶。七點十五分。那人早就該來了。

但記者沒有出現。七點半，維克多喝了啤酒起身離開。他在飯店用完餐，之後回房間打電話給那名記者，但只聽到長長的嘟嘟聲，於是他掛了電話。

房間暖暖的令人放鬆，昏昏欲睡。維克多的眼睛拒絕再睜開。他明天早上會再試一次。這麼決定之後，他便躺在床上沉入了夢鄉。

11

基輔又是細雨綿綿。轄區民兵塞爾蓋．費許班—史戴芬能柯開門走進維克多的公寓，脫了鞋，穿著綠色針織襪走到廚房，從冷凍庫拿了一大片鮭魚，用膝蓋折成兩半，一半放進嬰兒桌上的米沙的碗裡。

「米沙。」他喊了一聲，然後豎耳傾聽。

等不到回應，他先看了起居室，然後臥室，只見米沙站在長沙發和牆壁之間，不知道是睡著了還是在難過。

「出來呀，」他哄著米沙。「快點！」

米沙瞪著他。

「出來嘛，」他懇求道：「主人很快就回來了。你一定很想他，但是先出來吃東西吧。」

企鵝拖著腳步，緩慢專注地跟著塞爾蓋來到廚房。塞爾蓋看見牠走到碗邊開始吃東西，便心滿意足回到走廊，穿上靴子和大衣，迎向基輔的細雨。

他看著低沉陰霾的天空，心想老天爺今天眞是安靜。

12

隔天早上，維克多被幾聲槍響吵醒。他打個呵欠，下床看了看錶。八點。他走到窗邊，看見樓下停了一輛軍用吉普車和一輛救護車。

他抬頭發現天空湛藍，淺黃色的太陽出現在史達林巴洛克式建築後方，看樣子會是晴天。

他坐在電話桌旁打給那名記者。

「有何貴幹？」一名女子問道。

「請問尼可萊．亞歷山卓維奇在嗎？」

「請問你哪裡找？」

他感覺女子的聲音有些緊張。「這裡是他的報社……首都新聞報……」

「你是哪位？」

這不對。維克多顫抖著手掛上電話。

咖啡，不喝咖啡不行，維克多心想。他換好衣服，用冷水潑了幾次臉，接著便下樓到酒吧點了一大杯咖啡。

「您先坐，我待會兒端過去。」酒保說。

維克多走到角落，在玻璃桌旁一張寬大的天鵝絨躺椅上坐了下來。他伸手去拿菸灰缸。這東西很重，也是壓鑄玻璃做的。他拿著菸灰缸若有所思地翻看著。酒吧很安靜，酒保端咖啡來了。

「還需要什麼嗎？」

維克多搖搖頭，接著盯著酒保問：「早上的槍聲是怎麼回事？」

酒保聳聳肩。

「某個專拉外國人的妓女被殺了……肯定是惹到誰了。」

咖啡雖然很苦，但一下就讓人恢復了活力。他手指不再顫抖，腦袋也不再脹得發痛。重拾鎮定之後，維克多開始思考。

這又不是世界末日，他發現自己心裡這麼想著，同時生起一股確信趕走了所有疑慮。這就是人生。和往常一樣，只要打電話給總編輯，問他接下來該怎麼做就好。

喝完咖啡結了帳之後，他回房打電話到基輔。

「你的回程車票是今天，」總編輯平靜地說：「所以你就回來吧，回基輔繼續你的工作，其他省分可以再等等。」

搭上夜車後，維克多翻開他在車站買的卡科夫晚報。翻著翻著，他翻到「刑案回顧」版，小小的鉛字記錄了最近發生的刑案，其中「謀殺」項目有一條新聞這麼寫著：

首都新聞報記者尼可萊·艾尼甫茨夫昨日下午於住處遭槍殺身亡，凶手不明。

維克多一陣噁心，將報紙放在膝上。火車突然一震，報紙就這麼滑到了地上。

13

隔天早上，維克多上樓返回住處時，遇到了轄區民兵。

「早安啊！」塞爾蓋．費許班—史戴芬能柯開心地說：「不過你看起來有一點臉色發白。」

「牠還好嗎？」維克多焦急地問。

「好得很！」民兵笑著說：「想念主人是當然的。你冰箱裡的魚沒有了。」

「眞是太感謝了。」維克多想擠出感謝的笑，卻變成病懨懨的臭酸臉。「我欠你一次，我們找一天喝一杯如何？」

「恭敬不如從命，」民兵說。「你有我的電話號碼，想到就打給我。下次如果還有需要，隨時來找我！我很喜歡動物。我是說眞的動物，不是我每天遇到的那些禽獸……」

米沙來到走廊，見到維克多回來了非常開心，伸翅將燈打開。

「嗨，老傢伙。」維克多蹲下來看著米沙說。

米沙似乎在笑。

牠搖搖晃晃朝主人靠近一步，眼裡閃著快樂的神采。

這世上至少還有一個人開心見到我，維克多心想。

他站起來脫下夾克，走到起居室，米沙啪噠啪噠跟在後頭。

14

隔天早上，維克多頭痛難當，躺在床上不想起來。

時鐘指著九點半。

維克多勉強翻過身子，發現米沙就站在床邊。

「天哪！」他嘴裡念念有詞，雙腿一挪下了床。「我昨天餵完牠之後就沒再餵牠了！」

雖然他頭痛欲裂，太陽穴嗡嗡作響，但還是盥洗完畢換了衣服。

冷冽的空氣讓他振作了一點。寒冬似乎跟著他從卡科夫來基輔了。

我得打電話給總編輯，他邊走邊想，跟他說我不舒服……然後去拿報紙，或許做一點工作。

他在食品店的海鮮櫃檯買了兩公斤冷凍鰈魚，猶豫片刻後又買了一公斤活魚。

回到住處，他放了一缸冷水，將三條白鰱放進浴缸裡，然後喊了米沙。但米沙只看了浴缸裡游動的白鰱一眼，就轉身啪噠啪噠回房去了。維克多聳了聳肩，有點不知所措。

門鈴響了。

他從門孔看見人類米沙站在外頭，便開門讓他進來。

「嗨，」米沙說：「我找了兩份差事給你。你還好嗎？」

維克多有氣無力地比了比。

兩人走到廚房，企鵝也啪噠啪噠朝那裡走。

「嗨，同名同姓的！」訪客米沙咧嘴微笑，接著看著維克多說：「你怎麼一臉晦氣？是精神不好還是怎麼了？」

「是啊，一切都……」

維克多很想呻吟，但心裡有個聲音說他不該這麼做。

「我這樣一直寫一直寫，卻沒有人讀到我寫的東西，」他說，語氣裡祈求同情的成分多於憤怒。「到現在兩百頁了，全是白寫的。」

「什麼叫白寫的？」人類米沙插話說：「你和蘇聯時代那些人一樣都是『爲了抽屜』而寫的。不同的是你的東西遲早會發表……這我敢保證。」

維克多面如冰霜，沒有笑容，只是點了點頭。

「你覺得你寫得最好的是誰？」人類米沙討好地問。

「亞可尼茨基。」維克多說，腦中浮現他們倆坐在桌前伴著芬蘭伏特加的冗長對話。

「你說前作家兼議會副主席？」

「就是他。」

「很好，」米沙說：「那這些你應該會感興趣，拿去瞧瞧吧。」

維克多匆匆翻了幾頁，全是他沒聽過的名字、生平事蹟和日期，他現在一點也不想碰。

他點頭表示感謝，接著就將資料放到一邊了。

人類米沙遞了一張名片給他，說：「準備好就打電話給我。」

15

基輔下起了初雪。維克多在家裡喝著咖啡，一邊翻閱人類米沙兩天前拿給他的資料：稅務局副局長和《喀爾巴阡報》女經理的檔案。這兩人的生平夠精采，可以寫出很棒的緬懷文。有這種角色，這種一流的反英雄，要寫一本驚悚小說簡直易如反掌，只是寫小說需要大量的自由時間，維克多沒有。的確，他現在只有錢、企鵝米沙和浴缸裡的三條白鰱。但對他來說，這些東西只是他寫不出小說的補償嗎？

想到白鰱，他立刻起身拿了一塊麵包到浴室餵魚。

他剛把麵包揉碎，就聽見背後傳來呼吸聲。他回頭一看，只見米沙哀傷地望著浴缸裡的魚。

「你不喜歡淡水魚，是吧？」他說。「那還用說？」他自問自答：「我們可是住在南極的海洋生物呢……」

他走到電話旁打給民兵，邀他過來吃煎魚晚餐。

雪還在下。

他將打字機放在餐桌上，開始一字一字爲準死者描繪他們的生命圖像。文章進展緩慢，但很扎實，每個字都和埃及金字塔的地基一樣穩固。

雖然難以接受，但死者還是慢慢習慣了弟弟遇害的事實。他弟弟偶然成爲某家尚未民營化的洗衣機工廠的股東，但他爲了悼念弟弟所立的紀念碑卻儼然成爲墓園的景點。殺生有時是難免的，但至親之人離開世間卻讓人必須好好活下去……世上一切都因血脈而相連。萬物一體，就算一部分離開世間，依然會留下生命，因爲活著的人永遠比死去的人多……

轄區民兵費許班—史戴芬能柯來吃飯了。他穿著牛仔褲、法蘭絨條紋衫和黑色套頭毛衣，手裡拿著干邑威士忌和一袋冷凍魚，是要給企鵝的。

晚飯還沒好，兩人開始煎浴缸裡的那三條魚，米沙則在浴室裡泡冰水澡，玩得嘩啦作響，隔著滋滋的煎魚聲都聽得見。維克多和塞爾蓋相視微笑。

之後，晚餐終於就緒了。

主客兩人先喝了一杯威士忌才開始吃魚。

「刺很多。」維克多說，好像想爲魚道歉似的。

「別擔心，」民兵搖頭說。「凡事都有代價……魚刺越多，肉越美味。我吃過一次鯨魚，嚐起來當然是魚肉。沒有魚刺，但也沒味道……」

他們吃魚配酒，看著別人家的微弱燈光照亮了緩緩飄落的雪花，讓他們的晚餐有一種年夜飯的感覺。

幾杯黃湯下肚後，兩人的距離又拉近了一些。於是塞爾蓋問：「你為什麼一個人住？」

維克多聳聳肩說：「自然而然就變成這樣了。我對女人沒轍，她們就像另一個世界的人，安靜、怯懦、來去匆匆……讓人挫折。領養米沙之後，情況不曉得為什麼就好多了，只不過牠總是一副憂鬱的樣子……或許養狗比較好……狗的情緒比較明顯，看到你會汪汪叫，會舔你和搖尾巴……」

「是嗎？」塞爾蓋不以為然地揮手說：「每天要遛兩次……房間都會被牠弄得臭哄哄的……養企鵝比較好。不過話說回來，你是做什麼的？」

「我寫東西。」

「給小孩讀的？」

「你怎麼會這麼說？」維克多一臉驚訝。「不是，我幫報紙寫東西。」

「喔，」塞爾蓋搖頭說：「我不喜歡報紙，讀了就有氣。」

「我也不喜歡報紙——不過，恕我好奇，費許班這個名字是怎麼來的？」

塞爾蓋長嘆一聲。

「因為無聊，還有我姑姑在檔案部。那陣子我很想變成猶太人，擺脫這個地方和所有事情，於是就照姑姑說的申報身分證遺失，讓她用新的名字幫我重辦了一張身分證。但我後來發現移民生活一點也不值得羨慕，就想留下來。爲了自保，我加入了民兵。基本上，這是份安全的工作，處理家庭紛爭和各式各樣愚蠢的申訴，但當然和我想的不一樣就是了。」

「怎麼說？」

這時，門開了，企鵝米沙濕答答的站在門口。牠停了一會兒，接著便經過餐桌走到自己的碗前，一臉疑惑地望著主人。碗是空的。

維克多走到冰箱，從裡頭掰了三條冷凍鰈魚，切塊之後放到米沙的碗裡。

米沙將頭貼著冷凍魚塊。

「牠在幫魚塊解凍！」塞爾蓋大喊，看得興味盎然。「眞的！」

維克多回到座位上，也看著米沙。

「欸，就是這回事，」塞爾蓋拿起酒杯說：「人人都該吃好魚，但有什麼也別挑剔⋯⋯所以，敬友誼！」

兩人碰杯致意，仰頭將酒喝了。維克多突然覺得如釋重負，過去對自己和別人的不滿完全拋到了腦後，還有那些緬懷文。他感覺自己好像從來不曾工作過，只是生活著，構思他有一天會寫的小說。他看著塞爾蓋，忍不住露出了微笑。友誼。這是他不曾有過的東西，就像三件式西裝和眞正的熱情。他的生活一直是蒼白虛弱、毫無樂趣。連米沙也悶悶不樂，彷彿牠也只有蒼白的生命，沒有色彩、情緒、喜悅和靈魂的歡欣。

「這樣吧，我們再乾一杯，」塞爾蓋突然提議。「然後去散步，我們三個一起出門。」

夜已深了，街上安安靜靜，孩子們早就上床歇息，街燈也滅了，只剩下零星的燈光和微明的窗戶照亮了剛落下的新雪。

他們三個緩緩走向棄土場，那裡有三個鴿棚。三人踩著積雪窸窸窣窣，臉頰因冷空氣而刺痛著。

「你看！」塞爾蓋大喊，隨即大步走向衣衫襤褸、躺在鴿棚下方雪地上的那個人影。「是你的鄰居波利卡波夫，住在三十號房。我們得趕快把他帶到最近的房子，讓他在電暖器前面待著，不然一定會凍死。」

兩人抓著波利卡波夫的外套領子，將醉醺醺的他從雪地裡拖進最近的一棟五樓公寓裡。米沙搖搖擺擺跟在後頭。

他們從公寓出來時，發現米沙和一隻雜種大狗鼻子貼鼻子站著，顯然在聞對方的味道。狗一看見他們，立刻拔腿就跑。

16

隔天早上，維克多被電話鈴聲吵醒了。

他半夢半醒，聲音沙啞地說了聲：「喂？」

「恭喜你，維克多·艾列克塞耶維奇！真有你的！我是不是把你吵醒了？」

「我本來也該起床了，」維克多說。他認出是總編輯。「出了什麼事？」

「你的文章見報了！對了，你感覺怎麼樣？」

「已經好多了。」

「那就來找我吧，我們聊聊。」

維克多刷牙洗臉，喝茶吃早餐，然後去看了米沙，發現米沙站在深綠色長沙發後面牠最愛的角落裡熟睡著。

維克多回到廚房，拿了一大塊冷凍鱈魚擺在米沙的碗裡，接著回房換好衣服就出門了。

外頭又積了新雪。灰藍色的天空又低又沉，幾乎壓到了五樓公寓的屋頂。不過沒有風，也不是很冷。

上公車前，他買了剛出的首都新聞報，在車上找了一個舒服的位子坐下，翻開報紙開始瀏覽頭條新聞，最後終於在頭版頂端看見一個用粗黑線框起來的方塊專欄。

作家兼國家議會副主席艾歷山德・亞可尼茨基離我們而去了。議會廳第三排的那張皮椅空了出來，不久就會有人補上，但艾歷山德・亞可尼茨基的許多知交舊識的心將被掏空一塊，留下深深的失落……

出現了，他出版的第一篇作品。

但他沒有特別開心，只有早就遺忘的滿足感在心底深處微微翻攪著。他將訃聞讀完，每個字都在，沒有刪改。

他的目光落在署名上，一群老友。感覺更像句子，而不是化名。「一群」可以是任何數目。有趣的是他打的就是這四個字，分毫不差。編輯連這部分都一字不改，彷彿認爲維克多不是記者，而是作家。

維克多放下報紙，望著逐漸接近的城市景色。

「你看，是小鳥！」一名母親帶著孩子坐在維克多前面伸著手指說。他下意識跟著望過去，只見一隻麻雀撲翅飛進了巴士。

17

總編輯熱情招呼維克多，好像一年沒見似的，並且立刻奉上咖啡、干邑威士忌和裝在優雅長信封裡的一百元。還眞是盛大慶祝。

「嘿，」伊格爾·羅夫維奇倒了威士忌，舉起酒杯說：「終於開始了，讓我們期望接下來的緬懷文不用等太久。」

「他是怎麼過世的？」維克多問。

「從六樓窗戶跌下來摔死的——顯然爲了擦窗戶，但不是他家的窗子，而且是晚上。」

兩人碰杯喝酒。

「你知道嗎？」總編輯進一步說：「其他報社有好幾名同業打電話給我。那些寄生蟲嫉妒得臉都綠了！說我開創了全新的訃聞風格。」他洋洋自得地笑了。「當然，功勞都是你的，可是你隱姓埋名，所以讚美都落到我頭上了。但責備也不例外，好嗎？」

維克多點點頭。不過，沒能成爲鎂光燈的焦點還是讓他有一些心痛。名氣就是名氣，就算只是記者也一樣。總編輯從維克多的臉上讀出了這一點。

「別在意，大家遲早會知道你的——只要你想的話……但目前最好還是先別讓其他人知道一群老友是誰。你很快就會明白為什麼了。順帶提一件事，別忘了佛尤多給你的檔案裡，所有畫線的部分都要寫進去。我沒有改你的用字遣詞和鋪陳，對吧？老實講，你有些地方寫的對死者不是很尊敬，但我還是沒動。」

維克多點點頭，喝了一口咖啡。那苦味忽然讓他想起卡科夫旅館的酒吧和早上被槍聲吵醒的往事。

「卡科夫到底發生了什麼？」他問。

總編輯嘆了口氣，倒了一杯威士忌，用最好別再問的表情看著維克多。

「英勇的青年紅軍垂下頭去，」

他低聲哼唱：

「子彈殘酷射穿了他的心臟……」

「身為報社，我們也會損兵折將。他是我們失去的第七位弟兄，不久我們就得興建忠烈祠了……不過，乾杯吧！知道得越少，活得越久！」總編輯說。接著他語氣一變，用有些疲憊的口吻瞪著維克多說：「這不再和你有關，你只是比別人多知道一點……好嗎……」

維克多很後悔自己多管閒事，兩人剛才的親暱氣氛已經煙消雲散了。

18

十一月底，時節從深秋進入了寒冬。孩子們在街上扔雪球，刺骨的冷冽從大衣領口鑽入體內，車輛行駛緩慢，彷彿怕著彼此，道路也變窄許多，寒冷削弱、縮短、凋萎了萬物，但多虧了庭院和道路清潔工的努力和大鏟子，只有路旁的積雪越堆越高。

維克多完成人類米沙交代給他的第二批緬懷文後，抬頭望向窗外。今天他不想出門，也不需要出門。為了打破沉寂，他打開冰箱上的收音機，國會殿堂裡的恣意喧囂（外加噓聲）傾洩而出。他調低音量，煮水準備泡茶，同時瞄了一眼手錶：五點半。現在睡覺還太早。

他打電話給人類米沙。

「都寫好了，」他告訴米沙。「過來拿吧。」

米莎來了，但不是單獨來，他還帶了一個小女孩。女孩睜著圓圓的眼，好奇地望著他。

「這是我女兒，」米沙說：「我找不到人照顧她……告訴維克多叔叔妳叫什麼名字。」

他蹲下來開始解開女兒紅毛大衣的釦子。

「我叫桑妮埡，」女孩抬頭望著他說：「我今年四歲了——你家裡眞的有一隻企鵝嗎？」

「你瞧，她來這裡還不到一分鐘呢……」他幫她脫下大衣，還有小靴子。

三人一起走到起居室。

「企鵝在哪裡？」女孩左右張望，一邊問道。

「我去瞧瞧。」維克多說，但他先去廚房將兩份緬懷文拿給人類米沙。

「米沙，」他喊道，同時朝深綠色長沙發後方瞄了一眼。

米沙站在比一般地毯厚三倍的駝毛毯上望著牆壁。

「你還好嗎？」維克多蹲在牠身旁問。

米沙睜大眼睛望著前方。

維克多心想企鵝是不是生病了。

「企鵝怎麼了？」桑妮埡鑽到他們身旁問。

「米沙！我們有客人來了！」

桑妮埡靠上去摸了摸企鵝。

「你身體不舒服嗎？」她問。

米沙猛然轉頭望著她。

維克多留下企鵝和女孩，回到了起居室。人類米沙坐在扶手椅上，快把第二份緬懷文讀完了。從他臉上的表情看來，他似乎很滿意。

「寫得眞好！」他說：「感人極了。他們都是大人渣，明顯得很，但讀完之後誰都會爲他們一掬同情之淚……有茶嗎？」

兩人走到廚房，一邊等水煮沸，一邊坐在桌前討論天氣和其他瑣事。茶泡好、倒好之後，人類米沙拿了一個信封給維克多。

「你的酬金，」他說：「接下來還有一名客戶——喔，你還記得你幫塞爾蓋．契卡林寫的東西嗎？」

維克多點點頭。

「他康復了……我把你的成果寄給他，我想他很喜歡……總之，他讀完了印象深刻。」

「爸爸、爸爸，」浴室傳來小女孩的聲音。「牠餓了！」

「所以牠能說話，是吧？」人類米沙咧嘴笑著說。

維克多從冷凍庫裡拿了鱈魚放到碗裡。

「桑妮塭，跟牠說食物上桌了。」他喊道。

「你聽到了嗎？」他們幾乎聽不見她的聲音。「你得到廚房去。」

企鵝先出現，後面是桑妮埡。她跟著企鵝走到碗邊，興味盎然看牠吃飯。

「牠為什麼一個人？」小女孩突然抬頭問。

「喔，我也不知道，」維克多說：「其實牠不是一個人，我們住在一起。」

「像我和爸爸一樣。」桑妮埡說。

「眞是話匣子！」人類米沙嘆息一聲，喝了口茶，望著女兒說：「走吧，我們該回家了。」

小女孩難過極了，轉身離開廚房。

「看來非弄隻小貓或小狗不行了。」人類米沙望著女兒的背影說。

「下次再帶她來玩吧。」維克多提議。

窗外是墨黑的冬日傍晚，收音機小聲播放車臣的事故，幾乎聽不清楚。維克多坐在餐桌前對著打字機，感覺到一絲寂寞。他很想寫一則短篇故事給桑妮埡，或是童話，但他腦中只有一段哀傷而衷情的文字，一則等著完成的緬懷文。

「我生病了嗎？」他望著插在打字機上的白紙，心想：「不行，我一定、一定要寫短篇小說，至少偶爾寫一篇，否則我絕對會瘋掉。」

他想起桑妮埡長滿雀斑、逗趣的小小臉龐和橡皮筋紮著的紅色馬尾。

現在這時候，做個孩子是很怪的一件事。這是個奇怪的國家、奇怪的生命，他完全不想費心去搞懂。忍受下去，如此而已，他只想忍受下去。

19

幾天後，總編輯來電警告他小心點，暫時不要到報社，非必要也別出門。

維克多一頭霧水，電話掛了一分鐘他才將話筒拿開。總編輯那鎮定自信又專業的聲音依然在他耳邊迴盪。出了什麼事？維克多心想。他聳聳肩，實在無法將這通電話當眞。但他早上就這麼平白無故多了百無聊賴的兩小時。他晃晃悠悠刮了鬍子，還沒來由地燙了一件襯衫。那件襯衫他今天根本不打算穿。

快中午時，他溜出門買了報紙，再到食物店買了魚給自己和米沙，外加一公斤香蕉。回到住處，他先翻了翻報紙，但找不到總編輯來電的理由。不過他倒是發現了幾個新名字，便照常拿了筆記本抄下來，但不是爲了現在，而是之後。他感覺自己處在徹底耗弱的狀態，便從餐桌上的購物袋裡拔了一根香蕉出來。

廚房的門呀一聲開了。企鵝米沙走到主人面前，用懇求的眼神望著他。

維克多將手上的香蕉遞給牠。

米沙彎身咬了一口。

「你以爲自己是猴子吧?」維克多喊道:「但你最好當心點!要是你中毒了,我們該去哪裡找醫師?我們連看人的醫生都不夠了,我最好還是拿魚給你。」

廚房安靜沉寂,只有米沙啃著鱈魚的唰唰聲和維克多沉思的呼息。最後他嘆了口氣,起身打開收音機,結果是軍事警報。一定是廣播劇。但不是,是《戰地現場》報導,地點在紅軍路和薩克沙干斯基路口,差不多就在市中心。維克多調高音量。記者激動地表示路上到處是血,三輛救護車拖了三十分鐘才來,共有七死五傷。初步調查顯示死者包括體育部副部長兼副議長史托亞諾夫。維克多下意識翻開筆記本搜尋,剛過世的史托亞諾夫果然在裡面。他滿意地點點頭,翻開筆記本繼續往下聽。但記者又再重複剛才說過的事,顯然他只知道這些。他說他半小時後會再提供更多細節,接著便由一個語氣愉悅的女人接手,開始預報週末氣象。

明天是週六了,維克多心想,接著轉頭望著米沙。

由於在家工作,他已經分不清工作日和非工作日了。他想工作就做,不想工作就不做,但通常都想做。只是他現在沒東西可寫。至於寫小說,無論短篇甚至長篇,他都沒有頭緒。他感覺自己已經找到了命定的文類,並完全受制於它,就算不是寫緬懷文,心裡也想著緬懷文,腦中盡是優雅的愁緒,只要加上玄思妙想就能譜成一篇緬懷文,有時他還眞的寫了。

他打電話給轄區民兵。

「我是費許班少尉。」電話那頭傳來熟悉的清脆嗓音。

「嗨，塞爾蓋，我是維克多。」

「維克多？」

「米沙的主人。」

「你怎麼不早說？最近怎麼樣？牠還好嗎？」對方愉快地問。

「牠很好。你明天休假嗎？」

「對。」

「我有一個好點子，不曉得你想不想參加，」維克多期望地說。「我們只需要一輛車，軍用吉普車就可以……」

「只要不幹什麼違規事，當然沒問題……」塞爾蓋笑著說。「但何必要借軍用吉普車呢？我自己就有一輛扎波羅熱。」

20

冰凍刺骨的週六早上，一輛紅色的扎波羅熱小車停在修道院公園附近的德尼波河岸邊，維克多、塞爾蓋和企鵝米沙踏出車外。塞爾蓋從後車廂拿出一個塞得鼓鼓的帆布背包扛在肩上，三人沿著石階往下走到了結冰的河上。

德尼波河覆著一層厚厚的冰，冬天的釣客基於禮貌坐得很開，有如一隻隻臃腫的牛，動也不動守著自己的釣魚洞。

維克多、塞爾蓋和米沙避開他們，直直走到河中央。

他們每經過一個沒人的釣魚洞就停下腳步，但洞不是太小就是凍住了。

「我們試試河灣那邊吧，」塞爾蓋說：「就是冬泳愛好者會去的地方。」

他們朝狹窄的岬角走，穿越突出的沙洲尾端。

「你們看，就是那裡！」塞爾蓋指著前方說：「看見那片藍色沒有？」

他們走到那個洞旁。洞非常大，邊緣有許多赤足留下的腳印。米沙不等維克多同意就縱身滑進河裡，幾乎沒濺起水花。

維克多和塞爾蓋望著濺起的水和冰，幾乎不敢呼吸。

「牠們在水底下看得見嗎？」塞爾蓋問。

「應該吧，」維克多說：「如果底下有東西的話。」

塞爾蓋放下背包，從裡頭撈出一條舊被子，鋪在離洞一、兩公尺的地方。

「過來坐著吧，」他喊道：「每個人都有自己找樂子的方法。」

維克多過去坐下了。塞爾蓋又拿出一個保溫瓶和兩只塑膠杯。

「我們先喝咖啡。」

咖啡很甜，冷天喝起來很舒服。

「我完全沒想到要帶東西。」維克多握著杯子暖暖手，一邊難過地坦承道。

「沒關係，還有下次。要來點干邑威士忌嗎？」

塞爾蓋兩杯各倒了一點，隨即將扁瓶子收進夾克口袋裡。

「敬一切美好的事物。」他舉杯道。

兩人將酒喝了，身心整個暖和了起來。

「牠不會溺水吧？」塞爾蓋望著釣魚洞問道。

「應該不會，」維克多聳聳肩。「但我對企鵝眞的一無所知。我找過關於企鵝的書，但一本也沒有。」

「我要是看到就拿給你。」塞爾蓋向他保證。

維克多焦慮地左顧右盼。離他們最近的冰洞和釣客也有三十公尺遠。那人坐在釣魚箱上，不時拿起一公升大小的水瓶放到嘴邊。

「我想去遛達遛達。」維克多望著那名釣客說。

「最好不要。我們再坐一會兒，喝點威士忌吧。牠會回來的。牠不可能淹死，絕對不會！」

這時，釣魚洞突然傳來咕嚕聲。維克多立刻往那邊看，可是只有水和碎冰前後翻騰。

塞爾蓋舉起酒杯。「來吧，讓我們敬牠一杯。人喜歡熱鬧，企鵝不是——我們應該珍惜這一點！」

兩人喝到一半，一聲哀號劃破了冰寒的寂靜。維克多和塞爾蓋立刻轉頭，只見五十公尺外的一名釣客往後跳開，雙手指著他的冰洞。兩名釣客放下手中釣竿跑了過去。

「出了什麼事？」塞爾蓋自言自語。

維克多無視於五十公尺外的騷動，一邊喝著威士忌，一邊想著人每天都會遇到新的事情，永遠出乎我們意料。遲早會遇到麻煩，甚至死亡。

「快看！」塞爾蓋拍了他肩膀一下，高聲大喊。

維克多回過神來。他先看了塞爾蓋一眼，接著順著對方的目光望去，發現米沙正從沙洲那邊走來。

「牠是從哪裡冒出來的？」塞爾蓋興味盎然地問。

米沙走到被子旁停了下來。

「也許牠想來口威士忌。」塞爾蓋嘲弄道。

「上來吧，米沙。」維克多拍拍被子說。

米沙笨拙地踏上被子，看了看維克多，又看了看塞爾蓋。

塞爾蓋再次伸手到背包裡，拿了一條浴巾出來裹住牠。

「免得牠著涼。」他解釋道。

米沙裹著浴巾站了五分鐘左右，接著將它甩掉。

維克多聽見背後有腳步聲，便轉過頭去。

是離他們最近的那個冰洞的主人。

「魚上鉤了？」塞爾蓋問。

「聽著，」他過了一會兒才說：「這隻是眞的企鵝，還是我眼花了？」

「你眼花了。」塞爾蓋斬釘截鐵地說。

「天哪！」他驚詫地低呼一聲。

說完他難看地揮了揮雙臂，接著便轉身回自己的釣魚洞去了。

兩人望著那人離去，塞爾蓋期望地說：「希望這下他會少喝一點。」

「你又沒在値勤，」維克多斥責道：「爲什麼要嚇醉鬼，把他們嚇得半死？」

「這是職業病，」塞爾蓋笑著說：「想吃點東西嗎？還是再喝一杯？」

米沙突然開始不耐煩，拚命拍動翅膀。

「牠是不是尿急了？」塞爾蓋旋開威士忌笑著說。

米沙棄被從冰，滑稽地搖晃身子往前跑，接著再次潛入冰洞中。

21

週日深夜，維克多被一陣連續不斷的電話鈴聲吵醒。雖然醒了，可是他不想下床，便躺著等來電的人失去耐心。但對方非常有毅力，最後連企鵝都醒了，開始嘎嘎叫。

維克多下床，搖搖晃晃走到電話旁。

不曉得是哪個白痴在開玩笑，維克多一邊心想一邊拿起話筒。

「維克多？」是總編輯，而且語氣很不耐煩。「抱歉吵醒你，但有一件很緊急的工作！你在聽嗎？」

「有。」

「我已經派人送一個信封過去了。他會在車裡等你把緬懷文寫完，是明天早報要用的。」

維克多瞄了床頭桌上的時鐘一眼。半夜一點半。

「好的。」

他穿上深藍色浴巾睡袍，用冷水洗了臉，走進廚房將茶壺放在爐子上，打字機擺上餐桌，坐下來傾聽寂靜的夜。他望著對面的公寓，整棟樓只剩下兩扇窗戶亮著。

其他人失眠不是他的問題。他已經清醒了，只不過頭很沉。他將紙送進打字機捲好，繼續聆聽寂靜的夜。

一輛車停在公寓外頭，接著是關門聲。

他耐心等著門鈴響起，不久果然聽到聲音，但不是門鈴，而是謹慎的敲門聲。

門外一名年約五十、睡眼惺忪的男子睜著布滿血絲的眼睛，遞給他一個大牛皮紙袋。

「我會在車裡，要是我睡著了就敲車門。」他沒有進來，說完就下樓了。

維克多坐在打字機前，從紙袋裡抽出一張紙和一份劇場節目表。

尤莉雅・安德列耶夫娜・帕可門科，一九五五年出生，一九八八年起擔任國家劇院歌者，已婚，育有二子。

他讀到。

一九九一年，接受乳房切除術。一九九三年，因國家劇院女伶依林娜・佛尤多芙娜・薩努申柯失蹤案出庭作證，兩人之前常有齟齬。一九九五年，退出原定的義大利巡迴演出，差點讓演出開天窗。

接下來是手寫的補充：

深受尼可萊・亞歷山卓維奇・亞可尼茨基之死打擊。亞可尼茨基為作家和國家議會副主席，一九九四年她到馬林斯基王宮參加烏克蘭獨立紀念日的私人慶典之後，兩人便成為最親密的朋友。

這部分用紅鉛筆畫了線，立刻讓他想到上次和伊格爾・羅夫維奇的談話內容。他重讀了幾次，沒什麼好寫的，但他的思緒已經充滿了必要的感性。他翻到劇場節目表的第二頁，看見女歌者的一張彩色照，身材玲瓏有致，雙頰緋紅，顯然搽了胭紅，杏眼嬌柔，栗色秀髮有如瀑布披垂肩後，一襲戲服充分展現了她的婀娜身段。

他的目光移回打字機上的空白稿紙。

對阿拉伯人來說，白是哀悼的顏色。他一邊想著，一邊將手放在按鍵上。

在這世上，凡擁有生命就擁有聲音。聲音是生命的表現，它可能增強、中斷或消失，也可能變得幾不可聞。眾聲喧囂，個人的聲音不容易聽見，但當它突然沉寂，聲音和生命的有限就會顯露出來。某個我們不再聽見的聲音曾經爲許多生命所鍾愛……就這麼消失了，發生得過早而突然。世界於是變得更爲沉寂，即使依然達不到靜定愛好者所追求的境界。如今，這隕落的沉寂有如宇宙中的黑洞，突顯了聲音的有限與失落的無窮。過去的失落，未來的失落……

維克多起身泡茶，倒了一大杯回到桌前坐下。

……尤莉雅．帕可門科的聲音如今沉寂了。然而只要馬林斯基王宮的城牆依然矗立，國家劇院的輝煌依然閃耀在純金圓頂上，她就會像一道金煙融化在我們呼吸的空氣之中，而她的聲音則會遺留世間，成爲寂靜裡的金光。

維克多停下來，心想「金」好像用太多了。雖然不知讀了多少回，他還是再次拿起資料，將畫線的部分細讀一遍。他要怎麼將亞可尼茨基放進來？愛情嗎？愛情……

他一邊喝茶一邊思考。他讀了剛才寫的部分，之後又接下去：

不久前，她才為了失去一個她摯愛的聲音而哀傷。那聲音戛然而止，無論曾經負隅頑抗或毫不反擊，都有如失足之人被死神的萬有引力帶往萬丈深淵，走完人生的旅程。

維克多再次中斷，仔細閱讀劇場節目表，嘴角露出一絲微笑。

就在最近，她才預演了自己的悲劇結局。在普契尼歌劇中飾演托斯卡的她，最後從城垛一躍而下。她如何殞命並不重要。就算順序不同，我們這些聽過她生命之歌的人仍然面臨難題，不知該如何習慣這新來的沉寂，從中尋找她曾經存在於世上的吉光片羽。因此，且讓我們靜默不語，好辨識她的聲音，在回憶之中辨識、回想和珍惜，直到我們的聲音同沉寂與永恆融合在一起……

維克多挺直腰桿不停喘息，彷彿才剛跑完了一百米衝刺，而不是坐在打字機前敲打鍵盤。他按摩太陽穴，好舒緩夜間緊急任務所帶來的緊張。不過，他還是順利達成了。

他拿起剛完成的手稿讀了一遍，突然很同情這位他不知為何過世（或者說遇見死亡）的女伶。

他看了看窗外，那輛車還在樓下等著。

他起身轉頭，赫然發現米沙站在廚房門口動也不動，若有所思地望著他，小小的眼睛燃燒著生命力，但高深莫測，只是漠然觀察著主人，沒有任何原因。

維克多深吸一口氣，手裡抓著稿子從企鵝和門間的縫隙擠了出去，在睡袍外披了一件羊皮外套，接著便從走道朝樓梯間走去。

信差頭靠著方向盤睡著了。維克多拍了拍車窗，信差揉揉眼睛，不發一語打開車門，從維克多手中接過稿子，隨即發動引擎離開。

維克多回到住處，夜晚已經曲終人散，但他毫無睡意，整個人精力過剩。

他在醫藥櫃裡找到幾顆安眠藥，和著熱水壺裡依然溫熱的水吞了兩顆，然後回臥房。

22

隔天早上十點，總編輯又打電話來。他很滿意那篇緬懷文，同時再次為了打擾維克多的睡眠向他道歉。他說維克多再過兩天就能到報社來，重點是記得攜帶記者證，因為門口和每一層樓都有特勤民兵站崗。

戶外依然霜凍刺骨，安靜異常。

維克多站在爐子上的土耳其咖啡壺前，心想該如何打發這一天。考慮到他昨晚才加班，休假是個不錯的選擇，但休假比工作日更需要找事情做，於是他決定喝完咖啡先到書報攤買報紙，然後再想接下來要做什麼。

他一邊看報一邊喝著第二杯咖啡。他先讀了自己的作品，在最後一版，不過有五十萬份。一字不漏，總編輯完全沒有刪改。緬懷文付梓的時候，他應該睡得正甜。他翻回頭版，看見頭條標題占了整版，而且很長：**戰爭尚未終止，但停火在即**。相片有如突襲格羅茲尼，打亂了整齊劃一的鉛字大軍，不過他還是努力往下讀，而且越讀越入迷。沒想到他在基輔安穩度日時，有兩幫黑道幾乎陷入火拼。報導宣稱至少有十七人死亡、九人受傷，還發生五起爆炸。罹難者包括總編輯的司機、三名民兵、一名阿拉伯商人、幾名身分尙待確認的人士，還有一名國家劇院歌者。

維克多發現其他報紙報導火拼的篇幅比首都新聞報少了許多，對歌者的死倒是多著墨了些。她的屍體清晨在纜車站被人發現，死因是皮帶勒斃，她的建築師丈夫下落不明，家中也很雜亂，顯然被人翻找過。

維克多陷入沉思。女伶的死乍看和幫派交火無關，基本上是無妄之災。失蹤的丈夫可能涉嫌，他也是，因爲他曾在亞可尼茨基的訃聞裡提到她。想到這一點就讓他膽顫心驚。當然，他沒有指名道姓，但對許多人來說，沒說不代表沒有暗示，而對丈夫來說，這或許是最後一根稻草……

他嘆了口氣，突然對自己的揣想覺得厭煩至極。

「眞可笑！」他低聲說：「哪個丈夫會搜索自己家？」

23

沒想到這一天竟然滿有生產力的，三篇緬懷文已經寫好擺在桌上。窗外光線漸漸變弱，冬日黃昏悄悄到來，剛泡的紅茶冒著熱氣。

維克多翻閱著自己的最新成果。雖然短了點，但那是因為他已經一陣子沒有進報社，沒辦法從佛尤多那裡拿到名人的額外資訊。不過，這不成問題。付梓前他還能繼續寫、繼續修改。

他喝了茶，關掉廚房的燈，正準備上床睡覺時，突然聽見有人敲門。

維克多嚇了一跳，站在走廊豎耳傾聽。接著他脫掉拖鞋，赤腳走到門邊從門孔往外看。是人類米沙。維克多開門讓他進來。

米沙抱著桑妮瑶，小女孩已經睡了。他默默走進屋裡，只向維克多點頭致意。

「我可以把她放在哪裡？」

「那裡。」維克多指著起居室的門悄聲說。

米沙將桑妮埡放在長沙發上，接著躡手躡腳走回走廊。

「我們到廚房去吧。」他提議道。

廚房的燈又亮了。

「拿壺子燒水吧。」

「水才剛燒好。」

「我會待到早上，」米沙淡淡地說：「桑妮埡可以在這裡住幾天嗎……等事情穩定下來。」

「什麼事情？」維克多問。

但他沒有得到回答。兩人隔桌對坐，只是米沙坐在維克多平常坐的位子，而他則背對著爐子。他感覺米沙眼中似乎閃過一絲敵意。

爲了化解兩人之間的緊繃氣氛，他問：「來杯干邑威士忌嗎？」

「好呀。」他的訪客回答。

維克多倒了酒，兩人默默喝著。

米沙用手指敲著桌面若有所思。他環顧廚房，發現窗台上的那疊報紙，便伸手抓了過來。

他拿起最上面一份瞄了一眼，立刻表情嫌惡地扔了回去。

「生命還眞有趣，」他嘆了口氣說：「你想娛樂世人，結果卻像潛水艇一頭往海底鑽……」

維克多聽見他說的，但搞不懂意思。話語有如蛛絲隨風而逝。

「再幫我倒一杯。」米沙說。

喝完第二杯酒，米沙到起居室去看桑妮娅，發現她還睡得安安穩穩，便走回了廚房。

「我敢說你一定很想知道出了什麼事。」他盯著維克多，用比剛才虛弱的語氣緩緩說道。

維克多沒有開口，他已經不想知道任何事了，只想倒頭就睡。人類米沙的古怪舉止開始讓他喪氣。

「槍殺、爆炸，那些你都知道了，對吧？」米沙比著報紙說。

「所以呢？」

「你知道是誰害的嗎？」

「誰？」

米沙刻意拉長沉默，並露出厭煩且不善的微笑。

「你。」

「我？怎麼——怎麼會是我？」

「當然不能全怪你……但如果不是你，這一切都不會發生。」他眼睛眨也不眨地望著維克多，似乎看穿了他。「只是你很嗜血，我看得出來。我問過你原因，你也跟我說了。我們講得很白。你跟小孩一樣直接，我就喜歡你這一點。你想見到你的作品付梓，變成白紙黑字。是啊，有何不可？所以我才問你覺得自己寫得最好的是誰……純粹爲了讓你開心……再幫我倒一杯。」

維克多起身幫兩人各倒了一杯威士忌，雙手明顯在發抖。

「你是說你殺了亞可尼茨基？」維克多嚇壞了。

「不是我，是我們，」米沙糾正他：「但你別擔心，他是罪有應得……還有一點，他的死讓那些被他定期恐嚇取財的私有化信徒鬆了一口氣，而且他手上留有一些關於議會同僚的文件，是他之前拿來保命用的。那些高層的傢伙生活還眞辛苦……簡直跟打仗一樣。」

兩人陷入冗長的沉默。人類米沙望著窗外，讓維克多一個人思考自己剛才到底聽到了什麼。

「我問你，」最後他說：「他情婦的死也和我有關嗎？」

「你還沒搞懂，」米沙像學校老師一樣鎭定地說：「你和我只是抽掉紙牌屋的最後一張牌而已，但紙牌全垮了。現在只要等風頭過去……」

「我也是嗎？」維克多問，語氣很憂心。

米沙聳聳肩。「這得看個人，」他重新斟滿酒杯說：「但你會沒事的。感覺上有人在保護你……所以我才會來找你。」

「誰？」

米沙不置可否。

「我不曉得，只是感覺。要是沒人保護你，你不可能還在這裡，」說完他陷入沉思，過了半晌才說：「我可以請你幫一個忙嗎？」

維克多點點頭。

「上床去吧，我想在這裡多待一會兒，想想事情。」

維克多回房躺下，但毫無睡意。他豎耳傾聽，可是屋裡一片沉寂，感覺所有人都睡了。起居室傳來孩子的聲音，是桑妮瑤在喊媽咪、媽咪，聲音很弱很輕。

他心想，誰？在哪裡？

最後他迷迷糊糊睡著了。

過了不久，企鵝從深綠色長沙發後方鑽了出來，朝半開的起居室門走去。牠在睡著的女孩身旁停留片刻，若有所思地望著她，接著踏進了走廊。牠推開另一扇門，走進廚房。

一名陌生男子坐在主人的位子上，頭枕著桌子正在睡覺。

企鵝動也不動地站在門口，打量了那人好幾分鐘，接著轉身回到原來的地方。

24

床頭的時鐘顯示清晨七點，窗外依然安靜漆黑。維克多頭痛醒來，躺在床上望著天花板沉思，回想他和人類米沙的對話。無論頭痛不痛，他都有一些問題想問昨夜的訪客。

他緩緩起身，盡量不出聲音，穿上睡袍走進起居室。

桑妮埡還在睡覺，有人貼心地從玄關的鉤子上拿了維克多的灰色秋季大衣蓋在她身上。

維克多振作精神走進走廊，沒想到通往廚房的門開著，他停下了腳步。

廚房是空的，桌上留了一張字條。

該走了。桑妮埡就麻煩你照顧了。她是你的責任——你要用生命照顧她。風頭過了我就回來——米沙。

措手不及的維克多坐在桌前愣愣地望著手寫的字條，試著將想問人類米沙但沒能問成的問題拋到腦後。

窗外，灰濛的冬日破曉正在對抗漆黑的夜色。

起居室的長沙發嘎吱一聲，將他從思緒中拉了回來。維克多起身到起居室探頭張望。

桑妮埡坐起來了，正在揉眼睛。

「爸爸呢？」她察覺維克多在門口，便開口問他。

「他走了，」維克多回答：「妳要在這裡住一陣子。」

「和企鵝米沙一起嗎？」她開心地問。

「沒錯。」他淡淡地答。

「昨天我們的窗戶破了，」她說：「好冷。」

「妳說你們家的窗戶？」

「對，」她透露道。「哐啷！嘩啦！好可怕！」

「妳想不想吃東西？」

「如果是粥我就不吃。」

「我家裡沒有粥，」維克多老實說。「我吃得不多。」

「我也是，」桑妮埡報以微笑。「我們今天要去哪裡？」

「哪裡？」維克多重複她的話，一邊思考著。「我不知道……妳想去哪裡？」

「動物園。」

「好吧，」他說：「但我得先工作兩小時。」

25

維克多給了米沙魚當午餐，他和桑妮埡則吃炸馬鈴薯。

「我明天會多買一些食物。」他保證。

「我吃這樣就夠了。」桑妮埡拿了比較大的那一盤。

維克多笑了。這是他頭一回接觸到別人的童年。他小心而好奇地觀察著，彷彿自己還是個孩子。桑妮埡的主動，還有她的回答——與其說不恰當，還不如說答非所問——讓他忍不住微笑。他一邊吃飯一邊瞄著坐在對面的她，看她爲了好玩而非肚子餓而吃，仔細打量每一口食物。米沙站在她和爐子之間，正對著飯碗狼吞虎嚥。

「牠很喜歡！」她興高采烈報告著。

維克多喝了茶，幫桑妮埡穿上外套，兩人就出發往動物園去了。

天空微微飄著雪，風吹著他們的臉龐，走出地鐵站，他將她的圍巾拉高到眼睛下緣。

走進動物園大門，一張告示寫著時值冬季，動物園只有小部分開放訪客參觀。

園裡人不多。照著寫有「老虎」的牌子指示，他帶桑妮埡沿著覆蓋白雪的小徑經過一個柵欄。柵欄上畫著一隻大斑馬，並用噴漆註明了斑馬的成長與習性。

「斑馬呢？」桑妮埡環顧四周問：「斑馬到哪裡去了？」

「往前走吧。」維克多哄她。

兩人又經過好幾個空柵欄，板子上寫著之前住的動物的介紹。最後他們來到了一塊有屋頂的區域。

粗鐵條後方有兩隻老虎、一頭獅子、一隻狼和其他猛獸。入口告示寫著：

只能餵食生肉和麵包

他們沒有生肉，也沒帶麵包。

兩人從鐵籠前面走過，每經過一個就停留片刻。

「企鵝呢，」桑妮埡問：「企鵝在哪裡？」

「可能不在這裡……不過只要我們繼續找，一定會看到的。」

他試著回想自己當初是在哪裡見到米沙的。是在爬蟲類、兩棲類和棕熊的水泥獸穴之後。

兩人繼續往前走，遇到一個下凹的空柵欄，周圍有欄杆，中央是一個水面結冰的湖。欄杆上方立著一個牌子，寫著「企鵝」兩個字。

「妳看到啦，這裡沒有企鵝。」維克多說。
「眞可惜，」桑妮婭嘆了口氣。「不然我們就能帶米沙來這裡交朋友了。」
「妳也看到了，這裡一隻企鵝都沒有。」他蹲在她面前又說了一次。
「那什麼還住在這裡？」她問。
兩人又在動物園裡晃了一個小時，看了魚、蛇、兩隻白頭海鵰和一隻孤零零的長頸羊駝。
往出口走時，維克多看見一個招牌：
科學資訊中心
「我們進去瞄一眼，」他提議道：「說不定他們知道企鵝的事。」
「好呀，去吧。」桑妮婭贊同。
他敲了敲小平房的其中一扇門，然後走了進去。
「對不起。」他看見一名頭髮花白的女士坐在桌前讀著期刊，便對她說。
「你好，」女士抬頭道：「有我能效勞的地方嗎？」
「一年多前，」他說：「我從貴園領養了一隻企鵝。您該不會知道其他企鵝的下落吧？」
「不知道，企鵝是皮德佩利負責的。牠們被送走時，他也被開除了，結果竟然把文件也帶走了，眞是惡劣的老頭。」
「您說他叫皮德佩利？我可以到哪裡去找他？」

「試試人事處吧，」女士聳聳肩，接著很感興趣地望著桑妮埡。「我想妳應該不喜歡蛇吧？爬蟲類和兩棲類一月就要送走了。」

「謝謝您，不用了。請問人事處怎麼走？」

「廁所後方，入口左邊。」

維克多讓桑妮埡在入口等著，進去問到了皮德佩利的地址。他將紙條摺好收進皮夾，接著便牽起桑妮埡的手朝地鐵站走去。

26

隔天早上，他決定去見總編輯。首先他有一堆稿子要交，其次出於告解（或說解釋）的衝動，他想告訴對方亞可尼茨基出了什麼事，還有爲什麼出事。

「妳可以一個人待在家裡嗎？」早餐後，他問桑妮埡。

「爸爸教過我，」她說：「不要讓任何人進門，不要接電話，不要靠近窗戶。對嗎？」

「沒錯，」維克多嘆了口氣說：「但妳今天可以靠近窗戶。」

「眞的？」桑妮埡開心地說，隨即跑到陽台門前貼著玻璃往外看。

「妳看到什麼了？」

「冬天。」

「我很快就回來了。」維克多承諾道。

他出示了三次記者證才順利進到總編輯的辦公室。

「最近好嗎？」伊格爾・羅夫維奇問。

「很好，」維克多說，但不是很有說服力。「我帶了新的緬懷文來。」

總編輯伸出手。「拿去，」他遞了一個很厚的檔案夾給維克多。「這是佛尤多給你的。」

「伊格爾，」維克多鼓起勇氣開口說：「我好像才是該爲亞可尼茨基的死負責的人。」

「還眞的咧！」總編輯咧嘴笑著說：「覺得自己很大條，是吧？」

維克多一臉困惑。

「別煩惱，」總編輯用比較和善的口吻說：「我什麼都知道。」

「你什麼都知道？」

「我知道的可多了。亞可尼茨基正在走霉運……所以別擔心！不過你當然還是繼續關切事情的發展比較好。」

維克多嚇得愣住了，很難接受這個事實。

最後他說：「所以還不是世界末日囉？」

「怎麼可能是？難道就因爲我們這一小群人是有政府關係的少數人？別緊張，你不算一夥的，就算是也很間接。來杯咖啡吧。」

總編輯打電話吩咐祕書，接著兩眼盯著維克多，若有所思地咬著下唇。

「你沒有老婆？也沒有女朋友？」

「目前沒有。」

「可惜了，」總編輯半幽默地搖搖頭說：「女人最能鍛鍊男人的神經系統了。你該好好加強你的神經了……抱歉，開個小玩笑。」

祕書端了咖啡進來。

維克多舀了半匙糖，但咖啡太濃了，所以還是很苦，讓他想起不久前的卡科夫之行。

「我還需要去奧德薩嗎？」他想到前往卡科夫之前和總編輯的對話，突然開口問道。

「不用了，」總編輯回答。「有人很反對我們插手外地的事情……不過，我們這裡的材料已經夠多了，所以你不必擔心。瞧瞧我，他們才剛殺了我的司機，我還不是冷靜得跟坦克一樣？相信我，生死有命，不必在意那麼多。」

維克多看著總編輯身上的昂貴西裝、法國領帶、純金領帶夾和導演椅，很懷疑他真的覺得生命沒什麼價值。

「除夕那天我們一定要開瓶酒慶祝慶祝，就你和我，如何？還是你有事？」

「沒問題。」維克多答道。

「很好。」總編輯起身說：「我再跟你聯絡。」

27

史戴芬．亞珂夫列維奇．皮德佩利住在一棟灰色史達林式巴洛克公寓的一樓，離斯夫亞托席諾地鐵站不遠。維克多將鞋子上的積雪跺掉，摁了門鈴。

門後的人從門孔打量了許久，接著用顫抖而蒼老的聲音說：「你找誰？」

「史戴芬．亞珂夫列維奇。」維克多說。

「你哪位？」

「我在動物園問到您的地址，」維克多解釋：「想請教企鵝的事。」

雖然理由很蠢，門卻打開了，只見一個鬍子沒刮、看起來也不太老的男人穿著藍色羊毛運動服站在門口，請他進去。

維克多走進寬敞的起居室，房間中央是一張舊式圓桌和幾張椅子。

「坐吧，」屋主看也不看維克多，這麼跟他說。

「你對企鵝感興趣，是吧？」那人又說，但這會兒直直望著他，同時一邊伸手在骯髒的桌子上摸到一根菸頭拿起來，將手伸到桌子底下。等他再伸手出來，菸頭已經不見了。那人將手放在桌上。

「很抱歉打擾您，」維克多開口道：「但我想請問您，您這裡有沒有關於企鵝的書？」

「書？」皮德佩利露出受傷的神情反問道。「我爲什麼要買書？我自己有寫，只是沒出版……我研究企鵝超過二十年了。」

「所以您是動物學家？」維克多用自己最恭敬的語氣說。

「應該說企鵝學家，不過你在職業欄裡當然是找不到這一項的，」皮德佩利的口氣和緩下來。「話說回來，你到底想知道企鵝的什麼？」

「我家裡有一隻企鵝，但我完全不了解牠。我很擔心自己養的方法不對。」

「你養了一隻企鵝是吧？太棒了！你從哪裡得到牠的？」

「一年前從動物園領養的，就是小型動物都被送走的那時候。」

皮德佩利皺眉說：「哪一種企鵝？」

「國王企鵝吧，我想。名字叫米沙，已經是成鳥了，和這張桌子差不多高。」

「米沙！」皮德佩利抿著嘴，搔搔小平頭說。「從我們動物園？」

「對。」

「眞想不到！但你怎麼會挑一隻生病的呢？我記得那裡有七隻企鵝。阿黛勒和柴齊克，這兩隻比較年輕，也比較壯。」

「米沙怎麼了？」

「他有憂鬱症，心臟又不好，我認爲是先天的。原來牠被你領養了啊。」說完他難過地嘆了口氣。

「那怎麼辦？有辦法治療嗎？」

「問得好！」皮德佩利笑了。「現在連人都沒醫師看了，更何況企鵝！你得搞清楚一點，我們這裡的氣候是會讓南極生物活不下去的，因此最好的方法當然是讓牠回到原生地。不要誤會我的意思，我顯然在胡說八道，但我要是企鵝，而且發現自己跑到這個緯度來，我一定會自殺。想像你住在夏天會到攝氏四十多度，冬天偶爾才會降到零下十度的地方，但你身上有兩層專抗嚴寒的脂肪，更別說體內那幾百條血管了，那有多折磨呀！想像你體內熱得發燙，好像有火在燒……其實我們動物園裡的企鵝都有憂鬱症……可是他們竟然想說服我企鵝沒有心靈。我證明他們錯了！我也會證明給你看！至於米沙的心臟，誰的心臟能承受那樣的高熱？」

維克多專心聽著，皮德佩利越講越激動，雙手越揮越凶，不時語帶譏諷，偶爾停下來喘息，然後繼續。維克多從來沒遇過這麼滔滔不絕的人：孵育期、心理狀態、交配特徵……後來他聽得頭都痛了，知道自己非得打斷對方不可。

「抱歉，但我可以拜讀您的大作嗎？」他趁皮德佩利大放厥詞的時候插話：「我是說關於企鵝的文章。」

「當然，」皮德帕利緩緩答道。「等我去拿過來。」

他走到隔壁房間——從起居室看過去顯然是書房——在一張大書桌前彎身翻找其中一個抽屜，最後終於直起身子，拿著厚厚一疊檔案回來。

「拿去，」他將檔案夾放在桌上：「你不可能統統感興趣，但只要有一部分對你有用，我就心滿意足了。」

「我有什麼能回報您的嗎？」維克多很想表示謝意，但不知從何做起。

「有，」企鵝學家輕聲說：「你可以做一件事。拿手稿來還的時候，記得帶兩公斤馬鈴薯。」

28

兩週過去了，桑妮埡已經適應了新家，越來越少提到爸爸。維克多也習慣了桑妮埡的陪伴，就像一年多前習慣米沙那樣。但他時常想起她的父親，不曉得他後來怎麼了，甚至不清楚他是不是還活著。

窗外隆冬天寒。有時傍晚天色昏暗，路人稀疏寥落，他會帶桑妮埡和米沙出去散步，三人腳下踩著白雪沙沙作響，在三間鴿舍旁的廢棄空地閒晃。偶爾會有雜種狗奔向米沙，但牠們不會吠叫，而是默默嗅聞這個無動於衷的陌生動物。桑妮埡總會揮舞雙手，鼓起雙頰朝狗兒衝去，將牠們趕跑，然後哈哈大笑。

維克多讀完了皮德佩利的手稿，雖然很多地方看不懂，但還是發現了一些有用的知識。他記下最重要的頁數，到最近的書店影印備份，接著將手稿放在廚房最顯眼的地方，打算不久後歸還。

他的工作也有進展。維克多認眞吸收總編輯給他的檔案，完成了十二份緬懷文擺在窗台上，等著時間一到就交出去。那些檔案給了他不少麻煩，因爲總編輯畫了太多線，維克多只好設法調整，讓它們盡善盡美，也就是改變文字節奏、加快步調，將畫線部分寫成簡短的生平記述，讓它們讀起來像是旁人的回憶，而非狀子裡的指控。

完成這批文章之後，他才發現自己之前沒有察覺，他寫的訃聞只有一篇（而且是意外寫的）主角是清廉之士，沒有任何事證或跡象顯示對方的過去有問題。他想到的人是尤莉雅・帕可門科，那位歌劇女伶。但他隨即想起對方似乎涉及另一位女歌者的失蹤……還有她和已故的亞可尼茨基的愛情……唉，純潔無瑕的人是不存在的，就算有也死得默默無聞，不會有緬懷文。這個想法感覺很有說服力。那些值得用訃聞紀念的人通常功成名就，努力追求理想，而在奮鬥時很難始終維持誠實與正直。不過，現在的奮鬥都是爲了世俗之物，瘋狂的理想主義者已經絕跡了，只剩瘋狂的務實分子……

轄區民兵塞爾蓋打過幾次電話，上週日還一起又去了結冰的德尼波河。只不過這回多了桑妮婭。所有人都很開心。米沙在偌大的冰洞裡開懷泅泳，維克多和塞爾蓋躺在同一條毛毯上，暢飲加了干邑威士忌的咖啡，桑妮婭捧著大人買給她的百事可樂和糖果，三人看著米沙像是被人咬到似的從冰洞裡彈出來，飛到空中足足有一公尺高，然後滑稽地落回地面，再匆匆走回毛毯來。桑妮婭會用浴巾仔細擦乾牠的身子，然後牠又踩著可笑的步伐回到冰洞邊。

他們在那裡坐到將近日落，之後不得不匆匆横越冰凍成一片灰藍的德尼波河，趕回和往常一樣停在修道院公園旁的小轎車上。

接下來那一週一切如常，只是維克多發現自己多了照顧桑妮埡的責任，增加了一些負擔。結果他們反而吃得比之前還好。維克多特地去買了德國水果優格和新鮮蔬菜，企鵝的伙食也增加了冷凍蝦，牠吃得津津有味。

「你家爲什麼沒有電視？」某天，桑妮埡問。「你不愛看卡通嗎？」

「我不愛看。」維克多回答。

「我喜歡看。」小女孩鄭重地說。

新年快到了，店家紛紛擺出裝飾著玩具的小樹，克雷希夏提克街上則用小樅樹堆成了一棵「國家樹」。路人的神情輕鬆不少，報紙也幾乎看不到槍擊和爆炸的新聞，彷彿整個基輔市無論各行各業都在過節慶祝。

維克多已經幫桑妮埡買了新年禮物，藏在櫃子裡。他買了芭比娃娃。兩人一起挑了一棵小樅樹，連同底座搬回住處，用緞帶和閣樓裡找到的舊玩具裝飾它。

「妳相信有佛洛斯特爺爺[1]嗎？」他問桑妮埡。

「相信啊，」桑妮埡吃驚地說：「你不相信嗎？」

---

❶ 俄羅斯版的聖誕老人

「我也相信。」維克多說。

「等新年來吧——他一定會給你禮物的。」她信誓旦旦地說。

29

維克多將桑妮婭留在住處，先去食品店採買，然後轉往皮德佩利家。

來應門的皮德佩利還是穿著藍色運動服，而且沒穿鞋。

「都是給我的？」他一邊說著，一邊興奮地檢視維克多帶來的食材大禮。「你眞不該破費的。」

企鵝學家的稿子在袋子底，壓在所有東西下面。維克多將稿子還給他，並向他道謝。

「有用處嗎？」

「非常有用。」

「坐吧，我去泡茶。」皮德佩利說完開始忙東忙西。

結果他泡的是綠茶。皮德佩利用碗裝了遞給他，還附上一小盒碎砂糖，天曉得是哪裡產的。維克多只在老電影裡看過這種東西。

他抓了一點糖，用茶沖進杯裡，然後偷偷看了小糖盒一眼。

「你瞧，還沒壞，」皮德佩利發現他在看什麼，便開口說。「我很久以前買了三個，現在還剩下一些……時間哪，以前的東西更有型，更有味道。你還記得首都肉塊嗎？」

維克多搖搖頭。

「你錯過物資豐沛的年代了，」老傢伙遺憾地說。「每個世紀都有五年的富足光景，之後一切就完蛋了……我想你是遇不到下一個五年了。我當然不可能，但我至少見過一次。企鵝還好嗎？」

「牠很好，」維克多說。「您還記得您提過企鵝的心靈嗎？」

「我確實提過。」

「牠們很會辨認情緒，當然包括人和其他動物的情緒。除此之外，牠們還很會記恨，對於好東西的記憶也很深。但您也曉得，企鵝的心靈遠比狗或貓複雜。牠們更有智慧，更隱密，能夠隱瞞感覺與情感。」

喝完茶後，維克多拿了一張字條潦草寫下他的電話號碼。

「您想要什麼就打電話來，」他將字條遞給企鵝學家說。

「謝謝你，謝謝。你也可以打電話來，要常來看我。」

老人起身時，維克多再次留意到他沒穿鞋子。

「您不會著涼嗎？」他問。

「不會，」皮德佩利向他保證。「我有在做瑜伽。我有一本書裡頭很多圖片，印度的瑜伽師傅都打赤腳。」

「那是因為印度沒有冬天，鞋子又貴，」維克多說著走出屋外。「再見囉。」

皮德佩利望著離去的訪客，在他背後高喊：「新年快樂！」

30

新年前幾天，維克多一早醒來，發現起居室的樹下多了三個色彩鮮豔的包裹。他立刻去看桑妮埡。她還在睡覺。

是誰擺的？桑妮埡？還是佛洛斯特爺爺？

他刷牙洗臉，走進廚房發現桌上擺著一個信封。

這件事加上昨晚睡不安穩，將他逼到了極限。

他想起夢見自己深夜躲在陌生的公寓裡閃避某人，聚精會神傾聽偶爾被腳步聲和開門聲打斷的寂靜。信封是封住的，他用剪刀剪開一邊抽出信來，上頭清清楚楚用大字寫著：

新年快樂！感謝你照顧桑妮埡。她和你的禮物擺在樹下，和我同名的傢伙也有禮物，在冷凍庫裡。希望新年能讓你喘口氣。很抱歉，我還不能露面……

下次見，米沙

維克多左右張望，一臉困惑，彷彿等著看信是誰拿來的。

他走到門口試了試門，和往常一樣從裡頭上了兩道鎖。

維克多聳聳肩，轉身回到了廚房。昨晚發生的事既明顯又無法解釋，讓他完全迷糊了。門鎖不再能保護他了，醒著或睡著都一樣，危險時毫無用處。

但他心裡的讚嘆多過於警戒。

窗外，棉絮般的雪被風吹著，斜斜飄了下來。

31

桑妮埡醒來看到樹下的禮物，非常開心。

「你看！」她說：「佛洛斯特爺爺送的！他說不定還會再來。」

維克多笑而不語。

吃完早餐，桑妮埡就想打開禮物，但維克多阻止了她。

「裡面也有我的禮物，」他蹲在桑妮埡面前說：「但現在才二十九號，還有兩天才是新年！」

桑妮埡勉強答應了。

後來桑妮埡到臥房說童話故事給米沙聽，維克多泡了咖啡，拿著杯子走到桌邊面向窗外坐了下來。

這一年他的生活出現了不少怪事，結束得也很奇怪，讓他心裡五味雜陳。寂寞變成了半是寂寞、半是依賴。原本遲滯的生命像一股浪潮將他帶到了一座陌生的島嶼，並且突然給了他許多責任與金錢，但他卻置身事外，不只對這些事件，甚至對生活也無動於衷，完全不想理解一切是怎麼回事，直到最近因爲桑妮垭的到來才有了轉變。即使如此，他還是感覺自己已經錯過了瞭解眞相的時間，周遭一切依然難以理解，想來就覺得恐怖。

他的世界現在包括了他、企鵝米沙和桑妮垭，但這個小天地感覺很脆弱，一旦出事他根本無力保護。不是因爲他沒有武器或不會空手道，而只是因爲他沒有歸屬感和契合感，又沒有女人，這樣的天地太容易崩毀了。桑妮垭是別人家的小女孩，只是由他暫時照顧，企鵝憂鬱又生了病，就算看到冷凍魚也不會像狗一樣搖尾表示感激。

電話鈴聲打斷了他的思緒，他走回起居室接起電話。

是總編輯。

「我去找你半小時，方便嗎？」

「方便。」維克多說。

他探頭到臥室看了一眼，桑妮垭和企鵝正面對面站著。

「你聽懂我剛才說的嗎？」她問企鵝，語氣很堅持。

他發現他們兩個差不多高。

「很好，」桑妮垭說：「那我要用很不一樣的顏色幫你做一套新衣服。」

維克多笑著躡腳走開。一小時後，總編輯來了，長大衣上都是雪。他甩了很久才進門來。

「新年快樂！」他放下沉重的行李袋說。

兩人走進廚房，伊格爾．羅夫維奇從袋裡拿出一瓶香檳、一顆檸檬、兩只罐頭和幾個包裹。

他要維克多拿砧板和刀子過來，兩人一起切了香腸、乳酪和法國麵包。切好後維克多去拿了酒杯。

「你養貓了？」總編輯看見爐子旁小桌上碗裡的魚頭，便這麼問。

「沒有，是企鵝。」

他笑了。「別開玩笑了！」

「是眞的，你自己看。」

維克多帶他到浴室。

「這位小姑娘是誰？」總編輯看見小女孩，便問。「你不是說你未婚？」

「我是桑妮埡！」桑妮埡看著陌生叔叔說，隨即指著企鵝道：「牠是米沙。」

「她是我朋友的女兒。」維克多壓低聲音，免得桑妮埡聽見。

總編輯側頭不語。

回到廚房他說：「可惜了，我不曉得你有養企鵝。我最小的兒子只在書裡看過牠們。」

「下回帶他來吧。」

「下回？」總編輯若有所思地重複。「好啊，當然沒問題。他今年和我老婆去義大利過年了，那裡比較安靜。」

他仰頭望著天花板，免得軟木塞射到上面，接著倒了香檳。

「新年快樂！」他說。

維克多舉杯說：「新年快樂！」

「你把牠養在哪裡？」總編輯喝了一口香檳後說。

「這裡。」

總編輯點點頭，拿叉子叉起義式臘腸，又朝維克多看了一眼。這回眼神裡多了幾分擔憂。

「聽著，」他說：「我有一些壞消息要告訴你……不過事實就是如此。」

維克多聚精會神望著他。

「他們盯上你了。他們闖進我辦公室，問我緬懷文是誰寫的。幸好沒人知道，除了我和佛尤多。」

「他們爲什麼會盯上我？」已經喝得半醉的維克多放下酒杯問道。

「老實講，」總編輯欲言又止，小心地斟酌字眼。「你讓我們很驕傲，維克多……我是說，我畫線的地方你都抓到重點了。事實上，你每一則緬懷文不僅寫到了離世者的罪惡，還暗示了他的死可以讓哪些人得到好處。顯然有人猜到了個中奧妙——這些人是被安排走上對立衝突之路的。不過我們還是很有成就，而且還能做得更好，只需要改變策略就行了。」

「我們？你是說報紙嗎？」維克多驚惶失措，努力回想自己在哪裡聽過「衝突對立」四個字。

「不光是我們，」總編輯柔聲說：「甚至不光是我們報社，而是致力清理這個國家的一群人……不過別擔心——我們的安全人員正盯著盯上你的人。但為了讓我們的人有時間應變，你可能得暫避風頭一陣子。」

「什麼時候？」維克多驚愕地問。

「越快越好。」總編輯冷靜回答。

維克多坐在桌前，一副垂頭喪氣的模樣。

「沒什麼好怕的。恐懼只會惹禍上身，」伊格爾．羅夫維奇說：「還不如想想去哪裡避風頭……別告訴我，只要打個電話來就好，知道嗎？」

維克多愣愣點了點頭。

「現在讓我們舉杯祝我這邊一切順利，」總編輯一邊斟酒一邊說道：「只要我這邊順利，我保證你一定不會成為輸家。」

維克多勉強舉杯附和。

「乾杯！」總編輯催促道。「是福不是禍，是禍躲不過。有酒當喝莫蹉跎！」

維克多猛灌一口，氣泡直衝鼻子，讓他差點嗆到。

「我要是不看重你，就不會來這一趟了，」伊格爾．羅夫維奇說著穿上深綠色長大衣，準備離開。「你大約一週後再打電話來。這段時間不用工作，找一個舒服又隱密的地方待著，按兵不動就好。」

門砰的關上，總編輯的腳步聲漸行漸遠，留下維克多一個人面對不安的沉默與剛才被香檳壓制住的思緒。他默默望著關上的門，再次試著破解佛洛斯特爺爺深夜帶著人類米沙託付的消息與禮物造訪他家的謎團。

「維克多叔叔！」桑妮堙在起居室大喊：「維克多叔叔！牠把我撞倒了。」

維克多回過神來，匆匆朝桑妮堙跑去。

「怎麼了？」他低頭看見桑妮堙躺在地上，便問她說。

「沒事。」桑妮堙說，臉上露出做錯事被捉的微笑。

米沙站在她身旁，目光炯炯。

「我想要看你的禮物，牠就把我撞倒了，」桑妮堙終於坦白道：「我沒有看我的禮物，只是想瞄一眼你的。」

「起來吧。」維克多伸手拉她。

桑妮堙站了起來。

「我可以去散步嗎？」

「不行。」維克多怒斥道。

「只是出去走一走。」

有何不可呢？外頭小孩那麼多。

「好吧，但不能去太久，而且不能離開這條街。」

維克多幫桑妮娅穿上毛大衣，用圍巾裹住她的臉到眼睛下面，接著便讓小女孩出門。送走她之後，他坐在餐桌前沉入了思緒裡。這陣子每天都有不請自來的意外，他可有得想了。

32

他突然心驚膽跳。他依然坐在桌前，香檳已經喝完，香腸也吃了，微醺的感覺也已經散去，頭腦清醒，雙腳也沒有發抖。

他望向窗外，雪已經小了許多，他看見樓下有幾個住在這條街上的小孩正在堆城堡。

他站在小床頭桌上，將頭探出通風口大喊：「桑妮埡！快點回家！」

小孩全都停下手邊的動作往上看，但都站著不動。

維克多努力張望，就是看不到桑妮埡的身影。他立刻穿上羊皮大衣和毛帽衝出住處。他看見一群小孩站在不遠處，便急忙跑向他們，但桑妮埡不在那裡。

他聽見背後傳來引擎聲，立刻轉身一看，只見一輛老賓士從對面的樓房前揚長而去。他下意識追了上去，而且竟然沒有摔倒，終於在車子駛到路口轉彎之前追上它。但就在這時，他跌了一跤，整個人往前撲倒，把司機嚇了一跳。車上只有他一個人。維克多站起來，緩緩走回街上。

他眞蠢，總編輯說了那些話，他還讓她出門。

走上樓梯，他發現桑妮埡竟然靠著房門站著。

「妳跑去哪裡了？」他大喊。

「我去一樓的安雅家了，」她歉疚地說。「她拿她的辛蒂娃娃給我看。」

他覺得自己應該給她一點教訓，但不久便冷靜了下來。

「妳想吃東西嗎？」他問。

「米沙吃了嗎？」

「還沒。」

「那我們就能一起吃了！」桑妮埡開心地說。

33

晚飯後，維克多打電話給塞爾蓋．費許班—史戴芬能珂，請他儘快過來一趟。他果然趕來了。兩人走進廚房將門關上，讓桑妮婭和米沙待在起居室。

維克多原本想編個故事給塞爾蓋聽，但後來發現這麼做很蠢。既然有求於人，又何必欺瞞呢？他的敘述雖然有些前言不對後語，但塞爾蓋立刻就接受了。

「我有一間夏季別墅，」塞爾蓋說：「是內政部隊的房子，裡面有公共電話、壁爐和電視，食物在地窖裡……我們何不去那裡過新年？」

「但你本來打算去哪裡過年呢？」維克多謹慎地問。

塞爾蓋聳聳肩。「哪兒都不去，」他說：「你也知道我交遊不廣。」

「那你母親呢？」

「我母親不來這一套，她討厭過年過節。你想哪時候出發？」

「越快越好，今天就走？」

塞爾蓋看了看窗外，天色開始黑了。

「好，但我得先回家一趟，因爲鑰匙不在我身上，」他從桌前起身。「你收拾行李，我一小時後回來。」

維克多送他出門，接著探頭到起居室。

「桑妮娅，」他蹲在她面前說。「我們要去旅行囉。」

「什麼時候回來？」

「幾天後吧。」

「要是佛洛斯特爺爺來了沒見到我們怎麼辦？」

「他有鑰匙，」維克多說：「他會把禮物放在樹下的。」

「我們去的地方也有樹嗎？」

維克多搖搖頭。

「那我不去。」桑妮娅斬釘截鐵地說。

維克多長嘆一聲。

「妳如果不聽話，」他厲聲說：「妳爸爸回來我就告訴他妳有多不乖。」

「那我就跟他說你都不唸書給我聽，也不買冰淇淋給我。」她信誓旦旦地說。

桑妮娅說得一點也沒錯，讓他啞口無言。

「好吧，」最後他說：「妳說得對，但有人邀請我們去。妳想的話，我們可以把樹帶去。」
「米沙也一起去嗎？」
「當然。」
「好吧。」
兩人合力將樹上的裝飾和玩具拿下來，用紙包好。
「禮物也要帶去，」桑妮埡很堅持，維克多乖乖地把禮物裝進購物袋裡。
「等一下，」桑妮埡突然停下動作說：「要是佛洛斯特爺爺來這裡沒看到樹，他要把禮物擺在哪裡？」
維克多不知所措，想不出什麼好答案，只覺得疲憊到了極點。
「也許我們應該在牆壁上畫一棵樅樹，讓他知道禮物要擺哪裡，」桑妮埡大聲地自言自語：「你有綠色的油漆嗎？」
「沒有，」維克多說。「但我知道我們可以怎麼辦。我們在廚房留一張字條，告訴他把禮物放在桌子上。」
桑妮埡想了一想。
「放在桌子底下比較好。」
「為什麼？」

「這樣才不會有人看見。」

決定之後，維克多開始寫紙條。桑妮娅一個字一個字跟著讀，讀完點頭贊同。

樓下傳來車子的引擎聲。維克多往窗外看，昏暗的午後天光下，他隱約看出是那輛熟悉的扎波羅熱。

他將樹用洗衣繩綁好，先搬它下去，連同那一袋玩具和禮物，還有冷凍庫裡的食物，接著將米沙抱在懷裡，帶桑妮娅下樓。

「我多帶了兩條毯子，」塞爾蓋在車裡說：「那裡很冷，要好一下子才會暖和起來。」

米沙和桑妮娅坐後座，維克多坐前面。引擎發動時，企鵝蹭到女孩身旁，似乎被聲音嚇到了。維克多從照後鏡看見他們窩在一起，便碰了碰塞爾蓋要他看。塞爾蓋扳動照後鏡，瞄了一眼後座這有趣又甜蜜的一幕，疲憊地笑了笑，接著便踩下油門出發了。

34

到了夏季別墅的入口，兩名身穿迷彩服的人從哨亭裡走了出來，繞著他們的車看了一圈，並仔細打量車內。塞爾蓋搖下車窗。

「七號別墅。」

「進去吧。」其中一名警衛說。

車子開到一間屋頂很斜的小磚房前停了下來。塞爾蓋先下車，維克多回頭看了後座一眼，發現桑妮埡睡著了。

「等我一下，我先解除陷阱。」塞爾蓋說。

「什麼陷阱？」

「防盜用的。」

塞爾蓋彎下腰去，只聽見木板嘎吱一聲，他移開了門前的某樣東西。

「好了，」他喊維克多。「我們可以進去了。」

開門進去是一道玻璃遊廊。塞爾蓋將電燈打開，暈黃的燈光灑在屋外的雪地和車上。睡醒的桑妮婭揉揉眼睛，轉頭去看米沙。她一路上一直摟著她的同伴。米沙察覺桑妮婭醒了，便轉頭望著她。兩人凝視著對方。

沒多久，他們四人已經坐在冰冷的房裡，對著死寂的壁爐，只有天花板上一盞燈泡發著微光，創造出溫暖的假象。

塞爾蓋搬來柴薪，在壁爐裡堆成小屋狀，然後點了一張報紙塞了進去。火著起來了，開始緩緩發熱。

躲在遠處角落的米沙突然活了過來，走到爐火前。

「維克多叔叔，」桑妮婭打著呵欠說：「我們什麼時候要把樹立起來？」

「明天早上。」維克多說。

小房間裡有一張長沙發和一張扶手椅面對壁爐，左邊靠牆有一張床。

兩人將桑妮婭抱到壁爐旁的長沙發上，還幫她蓋了兩條毯子。桑妮婭一下子就睡著了，留下維克多、塞爾蓋和米沙在熊熊的爐火前守夜。塞爾蓋又添了一些柴薪。四下靜寂，只有水氣從柴火裡竄出的聲音嘶嘶作響。

維克多靠著長沙發，塞爾蓋坐在扶手椅上，天生不曉得該怎麼坐下的米沙依然站著。

「我明天要工作，」塞爾蓋說：「下班後我會帶香檳和肉回來。」

維克多點點頭。

「這裡好靜，」他夢囈似的說：「靜得適合坐下來寫作。」

「沒有人阻止你呀。」塞爾蓋親切地說。

「生命不讓我寫。」維克多沉默片刻後說。

「是你自己把事情變複雜的……我們到遊廊抽根菸吧。」

維克多跟著去了，但沒有抽菸。從稍微溫暖的起居室來到遊廊，感覺就像鑽進冰箱一樣，但很振奮精神。

塞爾蓋朝低矮的天花板吐了一口煙。「我說，」他說：「既然你狀況那麼糟，爲何還要拖著一個小女孩到處跑？」

「她父親似乎也好不到哪裡去。我不曉得他人在哪裡，所以還能怎麼辦？」

塞爾蓋聳聳肩。過了很久，他望著窗外說：「唉，大家都一樣。」

黑暗中有兩扇窗閃閃發亮。

「想來點櫻桃白蘭地嗎？」塞爾蓋突然問。

「當然好！」

兩人走到冷得像冰的廚房。廚房很小，只有流理台、電爐、一張小桌子和兩張凳子。塞爾蓋拉起一塊木頭地板，將手電筒扔給維克多。

「幫我照路，我要下去。」他告訴維克多，維克多照做了。

塞爾蓋彎身走下地窖，拿了兩瓶塞著奶嘴的陳年香檳遞給維克多，接著爬出了地窖。

兩人立刻在廚房坐下，用平底玻璃杯倒了櫻桃白蘭地，一邊悠閒喝著一邊傾聽房裡的寂靜。塞爾蓋去起居室添了新柴到壁爐裡。

「她還在睡嗎？」塞爾蓋回來後，維克多問他。

「嗯。」

「米沙呢？」

「牠還在顧火，」塞爾蓋咧嘴笑著說。「我們要喝到新年來嗎？」

維克多嘆息一聲拿起杯子。杯子也冰得要命。

「就像我一位屠夫朋友經常說的，」塞爾蓋接著說：「讓我們別為了每下愈況而喝，我們見過好日子。」

35

隔天早上，塞爾蓋出發回基輔後，維克多從別墅區的地面水管裝了一桶水回到廚房。他將茶壺放到電爐上，接著走到起居室。柴火夜裡燒完了，不過暖意和一股淡淡的松香還在。桑妮埡還在睡，臉上掛著笑容。米沙站在壁爐的灰燼前沉思著。

維克多拍了拍大腿，米沙轉頭看他，維克多將門推開一些，開口喊牠。

「過來。」他低聲道。

米沙回頭看了一眼死寂的壁爐，搖搖晃晃朝他走來。

「餓了嗎？一定餓了。來吧，我們到外面。」

他從購物袋裡拿了兩條鰈魚，放在最頂端的台階上。

「來吧！」

米沙走到台階上，左右擺頭觀察周遭。牠走下台階踏進雪裡，繞著圈子朝樹林走去，但被水管擋住。於是牠往回走，在潔白如紙的雪地上留下不規則的幾何圖案，有如蜿蜒曲折的滑雪道。回到屋前，牠繞到台階旁邊，將最高一級台階當成桌子，開始吃魚。

看到米沙活力充沛，維克多非常開心。他走回廚房泡茶，接著又到起居室看了一眼。桑妮婭還在睡覺，他不想叫醒她。

他端著茶杯坐在餐桌前，身旁窗台上有兩瓶櫻桃白蘭地，一瓶喝了一半，一瓶還沒開。浪漫的思緒在寂靜中翻騰，再次觸及過去與尚未寫下的小說。維克多突然覺得自己彷彿身在國外，擺脫了昨日的自己。這個國外是一個清靜之地、靈魂的瑞士，覆蓋著雪白的寧靜，深怕有一絲擾動。這裡的鳥既不鳴唱，也不啼叫，彷彿根本不想。

他聽見走廊的門發出聲響，便過去一探究竟，結果和米沙面面相覷。米沙看見維克多便滑稽地點頭鞠躬，好像在說牠喜歡這裡。維克多心想這裡食物充足，天氣夠冷，很高興他的企鵝朋友心情愉快。

不久後，桑妮婭醒了，屋裡的寂靜和他的神遊物外也結束了。他得先幫她準備早餐，然後處理樹的事情。

他花了一個多小時，終於把樹立起來。小樹雖然裝飾著緞帶和玩具，但立在踩得髒兮兮的雪裡，顯得一點也不輕盈亮麗。從頭到尾，米沙都一直站在旁邊靜靜看著。

桑妮婭走過來，從屋子這邊端詳那棵樹。

「喜歡嗎？」

「喜歡！」桑妮娅開心地說。

他們參觀了小花園，然後就回到屋裡。維克多重新生了火，桑妮娅拿著她找到的筆和練習本坐在扶手椅上。

將近五點時，天色暗了，屋裡很暖，天花板那一盞燈泡暈黃了起居室，塞爾蓋回來了。他將兩只購物袋扔在遊廊，接著回去將車停在別墅後方。

「我幫你帶了最新的回來了，」他說著將一疊報紙遞給維克多。「我買了兩瓶香檳和一瓶胡椒伏特加，禦寒用的。這樣夠嗎？」

「夠得很。」維克多說著翻開第一份報紙。

銀行家遇害
副議長遇刺倖存

頭條一下將他拉回現實。他一邊瀏覽兩篇報導，一邊努力回想。銀行家的名字沒有印象。他不在緬懷文名單裡，但副議長（只是受傷，但傷在頭部）有。

「聽著，老友，」塞爾蓋說：「我拿報紙來不是讓你愁眉苦臉的！」

維克多讓報紙滑落到壁爐旁的地板上。「這些用來生火剛好，」他說。

「讓我們安安靜靜過一晚上！沒辦法靜下心讀的新聞就不要讀！」塞爾蓋說完，轉頭看著扶手椅上的桑妮埡問：「妳在做什麼？」

「我在畫爐子。」

「給我看。」

塞爾蓋認眞看了練習本裡的圖案，接著回頭困惑地望著桑妮埡。

「火爲什麼是黑色的？」

「不是黑色，是灰色，」桑妮埡糾正他。「因爲我只找到一枝鉛筆。」

「妳沒有認眞找，」塞爾蓋說。「好吧，我們明天一起找，一定還有其他的筆——我姪子帶來的。」

他們炸馬鈴薯，準備了一頓大餐。吃完後，他們讓桑妮埡睡覺。

「我睡不著，」她警告說：「我要負責看火，這樣火熄了我就可以喊你們。」

他們讓桑妮埡待在起居室，兩人走進廚房坐在餐桌前，從窗台拿了昨天那兩只平底玻璃杯。塞爾蓋將杯子斟滿，空酒瓶扔在地上。

「再過一天就到了，」他說。「一切又恢復原樣，只不過換了一年。」

深夜兩點，他們還坐在廚房。爲了取暖，電爐開著紅通通的。雖然第二瓶香檳也空了，兩人卻莫名其妙清醒得很。要不是懶得動，塞爾蓋絕對會忍不住再去地窖拿酒。

突然一聲爆炸震得窗戶劇烈搖晃，兩人緊張地站了起來。

「要去看看嗎？」維克多猶豫地問。

塞爾蓋走到起居室看了一眼，桑妮婭正在說夢話。爐火已經快燒完了。

「好。」塞爾蓋回到廚房說。兩人走到台階，發現米沙站在那裡。

「牠好像睡著了。」維克多彎身瞧了一眼。

說話聲打破了寂靜。雖然聽不清楚，但聲音顯然帶著警覺。暗處有看不見的人在走動，踩得積雪沙沙作響。相隔一百公尺的路燈在幹道上留下一道道圓錐形的燈光，只讓黑暗變得更黑，更無法穿透。

「走吧。」塞爾蓋說，語氣更堅定了一些。

「去哪裡？」

「不會很遠。」

他們兩人走上劃分別墅邊界的一條小徑，往前走了一百公尺左右才停下來豎耳傾聽。

「在那裡！」塞爾蓋指著聲音的來處說。深夜寂靜，說話聲更明顯了。

兩人朝聲音走去，看見強力手電筒的光束照在雪地上緩緩移動。

「本地人。」一個帶著氣喘的聲音說。

「是范尼亞老爹，別墅管理員。」塞爾蓋低聲道。

兩人走上前去表明身分。

「怎麼了，范尼亞？」塞爾蓋問道。

「老樣子，」管理員用手上的大型蓄電池手電筒照著雪地上的屍體說。維克多這才發現雪是紅的，屍體則少了一條腿和一條手臂。手臂從手肘被炸斷，落在不遠處，還包著襯衫。

兩名男子不發一語站在那邊。高個子的穿著運動服，另一人稍微矮一點，留著鬍鬚，穿著羽毛夾克。

跑步聲由遠而近，踩著積雪而來。只見一名身穿迷彩軍服的男子拿著自動手槍跑到他們面前停了下來，上氣不接下氣。

「出了什麼事？」那人氣喘吁吁問。

「這個，」管理員用手電筒照著趴在雪裡的屍體說。「本地人，出來偷東西，結果踩到了地雷。」

「喔，」迷彩服男子放下手槍說：「爲了促進竊盜率而死。」

這時，一隻狗突然從暗處奔了出來，搖著尾巴衝到管理員腳邊兜了幾圈，接著聞了聞屍體，然後跑去叼了斷臂又衝進黑暗裡。

「杜卓克！回來，該死的！」管理員大喊，但空氣中只剩沙啞的回音。管理員不再說話。

「要回報嗎？」迷彩服男子問。

「何必呢？」穿著羽毛夾克的鬍鬚男說：「我們是來度假的，我可不想做口供把假期搞砸了。」

維克多的腿突然被戳了一下，讓他往前顛了一步。他以爲是杜卓克埋好明天的早餐回來了，結果是米沙。

維克多蹲在米沙面前。「你怎麼來了？」他問：「我還以爲你睡著了。」

「那是什麼？」迷彩服男子走過來問道：「該不會是企鵝吧？老天爺啊！眞的是企鵝！」

「太神奇了，」運動服男子笑著說：「眞是太神奇了。」所有人立刻擠到米沙周圍，完全忘了雪地上的屍體。

「牠很溫馴嗎？」穿著羽毛夾克的鬍鬚男問。

「不算太溫馴。」維克多回答。

「牠叫什麼名字？」管理員問。

「米沙。」

「喔，米沙，小米沙。」管理員扯著沙啞的嗓子親暱喊道，接著轉身看著湊成一團的其他人說：「好了，你們可以離開了。要是肯賞我一瓶酒，我就把屍體埋好。」

「沒問題，」穿著羽毛夾克的鬍鬚男一口答應：「明天一早拿給你。」

維克多、塞爾蓋和米沙沿著小徑往回走。

「這裡所有別墅都有地雷嗎？」維克多問。

「沒有，」塞爾蓋回答。「我的陷阱就不一樣，比較人道。」

「哪一種？」

「船笛，絕對會把全世界吵醒！」

他們踩著積雪沙沙作響，冰冷的星光穿透無邊的清朗夜空閃閃發亮。月亮沒有出來，天色顯得更暗了。

「回來了，」塞爾蓋停在台階前，轉頭望著維克多和跟在後頭的企鵝。「啊，你們把樹裝飾好了，」他驚訝地說：「我開車經過沒看到。裝飾得很棒！」

遊廊的門嘎吱一聲，隨即別墅區再度恢復寂靜。

房間很溫暖，壁爐裡的灰燼微微泛紅，桑妮娅帶著微笑熟睡著。

維克多和塞爾蓋依然毫無睡意，兩人又到廚房把門關上。

36

翌晨，塞爾蓋和維克多全力預備新年。首先是去閣樓把古董電視搬下來。兩人將電視放在溫暖的起居室，插上插頭打開電源。巧的是正好在播卡通，桑妮婭立刻窩在扶手椅上看了起來。

他們從地窖裡搬了一瓶三公升裝的醃黃瓜、醃番茄和醃青椒，接著又拿了兩瓶櫻桃白蘭地和兩公斤馬鈴薯。

「我們現在要做的，」塞爾蓋心滿意足地摩拳擦掌說：「就是準備肉類和蒐集營火用的柴薪。」

時光緩緩，彷彿這一年突然不急著離開了。

他們把肉切好準備去醃，木柴砍好在樹旁堆成完美的小尖塔，其他小差事也忙完了，時間才剛過中午。

天氣晴朗但結了霜，米沙站在最上面的台階看著一小群紅腹灰雀在雪上漫步。

「要不要來一杯？」塞爾蓋坐在餐桌前提議道，兩人倒了櫻桃白蘭地。

「敬時間——願時光如梭。」塞爾蓋說完和維克多碰了碰杯子。

敬酒果然有用，時間眞的變快了一些。午餐後，除了企鵝外，所有人都躺下來休息，連塞爾蓋關掉電視宣布安靜一小時，桑妮埡也沒有抗議。

所有人醒來時，天已經黑了，時鐘顯示五點半。

「睡得眞好！」塞爾蓋說著走出屋外，用雪搓了搓他不知道爲什麼有點腫的臉好振作精神，把臉弄得像龍蝦一樣紅。

維克多也有樣學樣，好讓自己清醒一點。

桑妮埡走到屋外，一臉驚奇望著兩個叔叔擁抱冰天雪地，接著就回屋裡去了。

桑妮埡看電視，塞爾蓋和維克多玩牌玩到九點，接著出去架好營火，準備新年烤肉。

桑妮埡從屋裡出來看了一眼，然後問：「企鵝和電視有什麼共同點？」

塞爾蓋和維克多面面相覷。

「兩個都站著睡覺？」維克多猜道。

「兩個都是黑白的。」桑妮埡說完就關門進去了。

營火熊熊燃燒，塞爾蓋將肉用叉子串好，維克多在一旁看著。

「我們要今年吃，還是明年吃？」他開玩笑地問。

「從今年吃到明年，」塞爾蓋說：「我買了兩公斤肉呢！」

全部準備就緒後，兩人便回到起居室陪桑妮婭看老電影《鑽石胳膊》。桑妮婭還沒看完就睡著了。兩人決定不要叫她，讓小女孩睡到新年快到的時候。他們將餐桌搬到遊廊，還有電爐，然後趁著電爐暖和遊廊時，在桌上鋪了一塊舊布並擺好餐具，還在桌子正中央擺了兩瓶香檳和一罐兩公升裝的百事可樂。他們打開魚罐頭，將乳酪和香腸切片，整張桌子看來眞的很有過年的氣氛。

「米沙也有。」塞爾蓋搬了一張雜誌邊桌進來說。

他將邊桌放在他們的桌子旁邊，然後拿了一條大魚。

「可憐的米沙，」他嘆息說：「從來不知道熱食和烈酒的美味。也許我們應該幫牠倒一杯，管他的。」

維克多激烈反對。

「抱歉，我不是當眞的。現在幾點了？」

「快十一點。」

「莫斯科這時已經在碰杯慶祝了。我們可以就座了，」塞爾蓋說：「我們要叫桑妮婭嗎？還是先暖暖身？」

「先暖暖身吧。」維克多說完，走到廚房去拿已經開瓶的櫻桃白蘭地。

暖身完畢，維克多叫醒桑妮婭，小女孩立刻要他開電視。主播的聲音從遊廊上聽得很不清楚，卻讓氣氛莫名地熱絡了起來。

「牠怎麼什麼都沒有？」桑妮婭看著站在他們身旁的米沙問。

維克多鑽到購物袋裡拿出一個顏色鮮豔、鼓鼓的大紙包。

「其實這是新年禮物，」他摸了摸紙包說：「但我們就假裝現在已經是南極的新年了！」

結果裡面是一個冷凍包裹，必須用刀子才能打開。維克多切開包裹，將裡面的東西倒到了邊桌的大盤子上。

所有人突然安靜下來，看著（忍不住看著）盤子上正在解凍的小章魚、海星、大王蝦、龍蝦和其他海產。米沙走到桌旁欣賞自己的禮物，似乎也看呆了。

「你眞是太猛了！」塞爾蓋低聲嘆道：「我從來沒吃過這麼多海鮮！」

「不是我，是她父親——是他送的，」維克多悄聲說，隨即轉頭去看桑妮婭有沒有聽見。

桑妮婭沒聽見。她湊到桌前指著海星。

「這是星星，」她對米沙說，接著又指著龍蝦。「我不知道這是什麼。」

他們在餐桌前坐下，企鵝不等開動就直接進攻大王蝦了。當鐘聲從起居室裡的電視機傳來，塞爾蓋抓起一瓶香檳，旋鬆瓶塞搖了幾下，瓶塞啵的彈了出去，香檳湧入平底玻璃杯中。

維克多幫桑妮婭倒了百事可樂。

五顏六色的煙火從其他別墅射向天空又往下落，讓冬天的夜空時紅時綠。除了煙火，還有眞正的槍聲。

「托卡列夫半自動手槍。」塞爾蓋一副專家的口吻。

新年到了。營火熊熊燃燒，照亮了樹和裝飾，煙火從四面八方射向天空，玻璃遊廊上的慶祝也加速展開。塞爾蓋和維克多猛灌香檳，桑妮埡喝著可樂。暫時被人遺忘的米沙依然站在小桌子旁，剛吃完大王蝦的牠開始垂涎小章魚。

營火燒完後，他們將餘燼移到鐵盆裡，接著在上頭架了三枝烤肉串。

「可是禮物呢——我的禮物在哪裡？」桑妮埡終於回到了現實。

維克多再次伸手到購物袋裡，拿出人類米沙送的兩份包好的禮物，還有他自己送給桑妮埡的禮物，沒包裝的芭比娃娃。

「不對，不是這樣！」桑妮埡說：「要先統統放在樹下！」

維克多乖乖地把禮物拿了出去。

「別忘了你也有禮物。」桑妮埡提醒他。

維克多走到雪地上，將桑妮埡的禮物放在樹下，接著回到遊廊，伸手到購物袋裡摸到了他的禮物，但那東西的形狀和重量卻讓他驚慌失措。他將禮物握在手裡沒有拿出袋外，另一手拆掉彩色包裝紙，摸到冷冰冰的金屬。果然沒錯，人類米沙送了他一把槍。維克多雙手顫抖，看也沒看就將槍重新包好，拉上袋子的拉鍊。

「好啦，你的禮物呢？」桑妮埡喊道：「我們要一起拆禮物啊！」

「我忘記帶，留在家裡了。」他喊了回去。

桑妮埡絕望地揮手，用大人面對小孩頂撞時的目光狠狠地瞪了他一眼。

「眞是的！這麼大一個人了，竟然會忘記！」

但維克多已經走到塞爾蓋身旁了。塞爾蓋蹲在鐵盆邊翻著烤肉串。

「好了，讓我們看妳拿到什麼禮物吧，桑妮埡。」塞爾蓋喊道。

桑妮埡鑽到樹下坐在雪地上，開始拆紙。維克多走過去彎腰打量。

「這是什麼？」他現在鎮定一些了，努力裝出好奇的樣子問桑妮埡。

「玩具。」桑妮埡說。

「哪一種玩具？弄給我看。」

「會說話的時鐘，跟我之前看過的一樣。你聽。」

「一點整。」一個帶著金屬腔的女人聲音說。

「但我不知道這是什麼。」桑妮埡摸著第二份禮物喃喃地說。

她從樹下鑽出來，將禮物遞給維克多。

「這是什麼？」她問。

維克多接過禮物，裡面是厚厚一疊紙鈔，用幾條橡皮筋捆著。

「這是什麼？」桑妮埡又問了一次。

「是錢。」維克多愣愣望著那一疊鈔票，輕聲說道。

「錢？」塞爾蓋走到他們身旁問。

他彎身細看，隨即嚇得倒退半步。

「全都是百元鈔！」他低聲說。

「我可以買東西了嗎？」桑妮埡問。

「可以。」維克多說。

「電視機？」

「可以。」

「芭比住的小房子？」

「也可以。」

「好，給我，」她說著從維克多手中拿走那一疊鈔票。「我要放在別墅裡。」

她走上遊廊的台階。

塞爾蓋盯著維克多。

「是她父親拿來的。」塞爾蓋沒有開口，但維克多回答了他的問題。

塞爾蓋咬著下唇，回去蹲在鐵盆邊。

「可惜我沒有這樣的慷慨老爹。」他低聲說。

維克多沒聽見，他心裡被其他事情占據了。人類米沙的禮物意味著責任，至少感覺如此。他想起人類米沙說的「你要用生命照顧她」……胡扯，他想，這是新年惡作劇吧。我爲什麼需要槍？桑妮婭爲什麼需要一大筆錢？

塞爾蓋拍了拍他的肩膀。「聽著，」他說：「我知道你在當保母……現在她會付錢了！」他露出微笑。「烤肉串好了，我們可以繼續吃飯……」

維克多很感謝他插話。他走上台階來到遊廊，塞爾蓋已經在吃烤肉了。

維克多走進起居室想喊桑妮婭，但她已經睡著了，一手還按在鈔票上。

維克多躡手躡腳走出起居室，將門關上。他回到遊廊的座位上，左右張望想找企鵝的身影。米沙就站在稍遠處。

「來點伏特加配烤肉，如何？」塞爾蓋打開酒瓶問。

「好主意！」維克多舉起空杯子說。

兩人吃了烤肉，喝了不少伏特加，之後便累得上床去了，倒頭就睡。

「三點整。」時鐘裡的女聲說。

37

隔天早上將近十一點左右，維克多被敲窗戶的聲音吵醒。

「你的鄰居來了，」一個沙啞但高興的聲音說：「新年快樂！」

維克多走到窗邊，看見兩個年輕人和幾名女孩站在窗外。他覺得那兩個年輕人很眼熟，昨天在被地雷炸死的小偷屍體旁邊見過他們。兩人看起來都很憔悴，至於女孩嘛——也好不到哪裡去。

鬍鬚男敲著窗戶，高舉一瓶香檳說：「嗨！我們能瞧一眼企鵝嗎？」

維克多搖了搖睡著的塞爾蓋。

「有人來拜訪我們了！」

「拜訪？」塞爾蓋睡眼惺忪地說，但不到兩分鐘他就完全清醒了。

不久後，所有人都在遊廊的桌子前坐了下來。屋裡食物很多，而外頭餘燼已滅的鐵盆上也還有昨天沒烤的肉串，隔了一晚都變成冰棒了。

訪客們看夠了企鵝，便吃吃喝喝，談天說笑起來。維克多開始覺得累了，希望筵席快點結束，結果還眞的沒等多久。其中一名女孩突然醉得大哭大叫，吵著想睡覺，於是那一群訪客就匆匆離開了。

塞爾蓋按揉太陽穴，一臉暗沉地望著維克多，難過地說：「明天得工作。」

這讓維克多開始思考。他還不能回基輔，而且現在打電話給總編輯還太早了。

「我可以再多待幾天嗎？」他問。

「待一輩子都行！」塞爾蓋大手一揮說：「我很好說話，而且這樣對我更好，就不會有白痴闖進來了。」

那天晚上，雖然塞爾蓋頭痛欲裂，還是出發回基輔了。

「有什麼需要就打電話來。那邊有一座公共電話，就在幹道盡頭，管理員宿舍旁邊。」他出門前說。「我會跟警衛說你在這裡，但我對那一疊百元鈔會稍微小心點……你找個地方藏好吧。」

維克多點點頭。

扎波羅熱小轎車發動了，揚長而去。四下又恢復靜寂，只有起居室傳來微弱的聲音。桑妮婭正坐在長沙發上開著電視在看電影。

「妳的錢是不是應該交給我保管？」維克多坐到她身旁問。

「拿去，」桑妮埡將那一疊鈔票遞給他說。「小心別弄丟了。」
維克多將鈔票和槍收進購物袋，扔進地窖裡。

38

接下來幾天安靜而平淡，只有當地民兵來搬運倒楣遇害的小偷的屍體。但出於管理員范尼亞的要求，大家都乖乖待在屋裡。「我們可不想當證人，是吧？」他這麼問，而維克多也覺得如此。

民兵離開後，范尼亞來通知沒事了。

「好了。」他說。

「那間別墅的主人不會惹上麻煩嗎？」維克多問。

范尼亞老爹咧嘴微笑？

「你說上校嗎？他才算逃過一劫呢。他們埋地雷是爲了他，不是小偷。很明顯不是嗎？」他說：「這陣子常發生這種事。」

桑妮埡幾乎都窩在電視機前，只有節目特別無聊時，她才會走到戶外或在遊廊陪企鵝玩，打發時間。

維克多覺得無所事事實在很難受，他很想做點什麼，什麼都好，就算再沒用處也無妨。他已經將桌子和電爐搬回廚房，但除了陪桑妮埡看一下電視和去廚房待著，他真的沒事可幹，日子過得很悲慘。

最後他終於受不了，便叫桑妮埡待在屋子裡，出門到公共電話亭打給總編輯。接電話的是祕書。

「我想找伊格爾．羅夫維奇。」

「我來接吧，坦雅，」一個熟悉的聲音插話說：「你好。」

「是我，維克多，我還不能回去嗎？」

「原來你出城了啊，我都不曉得，」總編輯佯裝驚訝。「當然可以，這裡一切都好，你快點來找我一趟吧，我有東西要給你看。」

維克多打給塞爾蓋，請他儘快過來接他和桑妮埡。

走回別墅路上，維克多心情好多了，雖然新年已過，但他終於有過新年的感覺。同樣是踩著雪地沙沙作響，這會兒卻很悅耳。他環顧四周，發現許多未曾留意的東西：冬天的樹林美得有如雕刻、紅腹灰雀在布滿貓或狗腳印的雪地上漫步。從他遺忘的心底深處，浮現了多年前自然課的回憶。維克多想起他們學習辨認動物的足印、課本上的插圖：野兔的足跡……蹦跳……彈跳……還有他人生中第一位女老師的聲音：「兔子被追趕時，會彈跳逃脫！」

39

維克多將裝有鈔票和槍的購物袋放在衣櫃頂端，讓桑妮埡和米沙待在家，接著便出門去找總編輯了。

總編輯自得微笑，要維克多坐在扶手椅上，泡了咖啡，問他新年假期都做了些什麼，很明顯就是刻意不提工作。直到喝完咖啡，兩人沉默下來，無聊的對話已經耗不下去的時候，總編輯才從桌子的抽屜裡拿出一個大信封。他兩眼盯著維克多，從信封裡抽出幾張相片遞給他。

「看一下，你可能認識他們。」

相片是兩個衣著講究的屍體，都是年輕男子，二十歲左右，姿勢順服地仰躺在某人住處的地板上，手臂沒有外伸，雙腿沒有張開，臉上也沒有恐懼或痛苦的神情，而是安詳又漠然。

「你不認識？」

「不認識。」維克多說。

「你是他們的目標……這是證據。」總編輯說完又遞了兩張相片給他。

維克多看見相片裡的自己正坐在卡科夫歌劇院的地下咖啡館，另一張是他佇立街頭，也在卡科夫。

「不起眼的傢伙，」總編輯說：「兩人只有一把滅音手槍……總之，他們沒有找到你，但底片還在卡科夫，不知道在誰手上……我不認爲他們有寄給別人，但還是小心一點。」

最後，他遞了一疊新的緬懷文參考資料給維克多。

「繼續悄悄進行你的工作吧。」他說完拍拍維克多的肩膀，就送他離開了。

40

一月的冬天非常懶惰，直接沿用了十二月的積雪。而且多虧了連日霜凍，積雪依然覆蓋著大地。店家還掛著新年裝飾，但過節的氣氛已經淡去，只留下人們繼續平日的生活，步向未來。維克多正在處理最新的一批檔案。現在所有資料都直接由總編輯交給他，佛尤多新年前就退休了。

緬懷文的目錄越來越多。最新這批檔案的對象都是大工廠的廠長或股份公司的主席，絕大多數被控侵占資金，將所得轉往西方銀行，有些則販售違禁原料或企圖將工廠移往海外。事證多如牛毛，幸好總編輯的紅筆沒有畫得通篇皆紅。維克多的工作很不簡單，不是想不到玄思高論，就是缺乏靈感，每一篇緬懷文都讓他在打字機前枯坐幾個小時。雖然最後結果總能讓他滿意，卻也讓他筋疲力竭，沒什麼力氣陪伴桑妮婭或企鵝。因此之故，再加上桑妮婭的堅持，讓他回家之後就買了一台彩色電視。這會兒他們正坐在電視機前，不過遙控器永遠在桑妮婭手上。

「這是我的電視機！」桑妮埡說，維克多不得不承認，因爲他確實是用她的錢買的。

米沙也對電視很感興趣，有時還會直直走到電視機前，擋住桑妮埡和維克多的視線。這時桑妮埡就會溫柔領牠走回臥室，米沙喜歡在臥室鏡子前端詳自己的身影。維克多很意外桑妮埡對付米沙這麼輕鬆，不過其實也沒那麼意外，畢竟她花在米沙身上的時間比他還多，有幾次甚至還一個人帶牠到鴿舍旁的廢棄地去散步。

有天傍晚，門鈴響了。維克多從門孔望出去，一名陌生男子站在門外，他立刻心生警覺，想起相片中那兩個追殺他的遇害青年。陌生男子年約四十，只聽見他嘆了口氣，又摁了一次門鈴。鈴聲在屏息窺探的維克多頭頂上方響起。

在他身後，起居室的門嘎吱一聲，桑妮埡高喊：「有人按鈴，快去開門！」

「開門吧，沒什麼好怕的。」門外的聲音說。

「你找誰？」

「找你呀！還會找誰？你到底在害怕什麼？我是爲了米沙的事來的。」

維克多伸手去開門鎖，心想不曉得是哪個米沙，最後終於把門打開了。

一名身穿棉襖、頭戴黑色針織帽的男子走了進來。他身材削瘦，尖鼻子，鬍鬚沒刮，從口袋裡掏出一張摺了兩、三摺的紙，遞給維克多。

「這是我的名片。」他咧嘴笑著說。

維克多將紙翻開一讀，一股寒意立刻竄上了他的脊椎。是他寫的緬懷文，主角是人類米沙的朋友兼敵人，塞爾蓋．契卡林。

「你這下認識我了吧？」陌生訪客冷冷地問。

「你是塞爾蓋．契卡林。」維克多說。他轉頭看見桑妮堊依然站在門邊，立刻厲聲要她回起居室，接著重新看著契卡林。

「你家裡有地方坐嗎？我們需要談一談。」

維克多帶他到廚房。契卡林直接坐在維克多的椅子上，讓他只好坐到對面。

「我有壞消息要告訴你，」契卡林說：「很遺憾，米沙死了。我這趟是來找他女兒的。她已經沒必要躲著了，是吧？」

契卡林的話一點一點慢慢滲進維克多腦中，但米沙死了和這人是來找桑妮堊的這兩件事就是連不在一起。他伸手按著額頭，彷彿那裡突然一陣劇痛，卻發覺額頭冷得像冰一樣。

「他是怎麼死的？」維克多突然問。他低頭望著桌面，神情驚惶。

「怎麼死的？」塞爾蓋回答：「和其他人一樣，是個悲劇。」

「為什麼桑妮堊必須跟你走？」維克多停頓片刻整理思緒後接著說。

「我是他的朋友，有義務照顧她。」

維克多搖搖頭。契卡林望著他，一臉驚詫。

「不對，」維克多說，語氣突然堅決起來。「米沙要我照顧她。」

「聽著，」陌生訪客疲憊地說：「我很尊敬你想保護她，但你搞錯了。而且你能證明他真的要你照顧她嗎？」

「他留了一張字條給我，」維克多鎮定地說：「我可以拿給你看。」

「拿來吧。」

維克多走進起居室，拿起窗台上的一疊紙，翻找米沙留的字條。他在字條上承諾風頭一過就會回來。桑妮婭和企鵝正聚精會神看著電視上的花式滑冰。正當他回到他們坐的地方時，突然聽見前門砰的一聲。他走過去廚房探頭看了一眼，發現那名訪客竟然無聲無息離開了，將他自己的訃聞留在桌上。

幾分鐘後，維克多聽見引擎聲，便往窗外看。藉著街燈，他看見一輛很像人類米沙之前開的車揚長而去。

「那個人來做什麼？」桑妮婭探頭到廚房問。

「來找妳。」維克多悄聲說道，沒有轉頭看她。

「那個人來做什麼？」桑妮婭沒聽見，再問了一次。

「只是來聊天。」

桑妮婭又回去看電視，維克多在餐桌前坐下來思考——思考他的人生和桑妮婭在他人生中的分量。雖然感覺微不足道，但他還是得照顧她，爲她想，只不過照顧也只是提供食物和古怪的對話而已。桑妮埡在他生命中的意義，就像米沙在他公寓裡一樣。但當有人想把她帶走，警覺還是讓他突然生出決心來。保護和安全的想法再度出現，只是他毫無概念。他的生命裂成了兩半，一半已知，一半未知。那一半有些什麼？包含什麼？維克多咬著下唇。他現在最不想碰的就是謎團。總編輯的紅筆已經將他調教成遇到任何文字或想法，都從基本事實開始。那天晚上他絞盡腦汁，努力決定在他腦中翻騰的那些想法，哪一個如果寫成白紙黑字會值得畫上紅線。

41

說來奇怪，但不到兩天維克多就已經忘了塞爾蓋·契卡林來訪的事了。總編輯客氣來電催他的稿子，於是他完全埋首於工作中。完成一篇到進行下一篇前的短暫空檔，他會一邊喝茶，一邊心想應該多關心桑妮婭，帶她去看偶戲之類的東西。但這些事都沒辦法做，得等他更有時間才行。不過，他倒是能做一件事讓小女孩開心，就是買很多糖果和冰淇淋。出去購物成爲他唯一能呼吸到新鮮冷冽空氣的機會。他越常出門，桑妮婭和米沙就越開心。不過，桑妮婭的開心和米沙的不一樣，她能用講的表達。她經常叫他維克多叔叔，讓他非常高興。不過，重點是她不討厭成天待在公寓裡。每到傍晚，當他們一起坐在電視機前欣賞最新一集的墨西哥連續劇時，維克多總是覺得平靜愉悅，完全沒注意電視在演什麼。他很喜歡這個冬天。工作或坐在電視機前很快讓他忘了所有壞事。

「維克多叔叔，」桑妮婭指著電視問：「爲什麼阿蕾韓特拉有保母？」

「應該是她爸媽很有錢吧。」

「你也很有錢嗎？」

維克多說：「不算是……」

「那我呢？」

維克多轉頭看她。

「我說我，我很有錢嗎？」她又問。

「沒錯，」他點點頭說：「比我還有錢。」

隔天喝茶休息時間，他又想起這段對話。他不曉得保母要多少錢，但幫桑妮埡請保母的念頭卻讓他茅塞頓開。

那天傍晚，他的民兵朋友帶了一瓶紅酒來訪。兩人坐在廚房，屋外下著濕答答的雪，雪花一片片黏在窗玻璃上。

塞爾蓋有點激動。

「你知道嗎，有人提供我一個機會，去莫斯科當民兵，薪水是這裡的十倍……住也免費。」

維克多聳聳肩說：「但你很清楚那裡是什麼狀況，槍擊、爆炸……」

「這裡也一樣，」塞爾蓋說：「但我加入的又不是特勤部隊……工作和現在的一樣……我不知道——也許我該去個一年，賺點錢。」

「隨便你。」

「沒錯，」塞爾蓋嘆了口氣。「你的問題呢？解決了嗎？」

「好像是。」

「希望如此。」

「你有沒有認識什麼普通的年輕女生？」維克多認真問道：「我正在替桑妮埡找保母……有沒有什麼可靠但收費不高的人選？」

塞爾蓋沉吟片刻。「我有一個姪女，今年二十歲，待業中。要我問問她嗎？」

維克多點點頭。

「你打算一個月出多少？」

「五十盧布？」

「好的。」塞爾蓋說。

42

隔天，老企鵝學家突然打電話來。

「是我，皮德佩利。」他虛弱地說。「你是維克多嗎？」

「是的。」

「你可以來一趟嗎？我身體不舒服。」

維克多立刻放下手邊工作，出發到斯夫亞托席諾。

老人臉色發白，雙手顫抖，眼窩凹陷，眼底皮膚發黃。

「快進來。」老人說，維克多的到來顯然讓他很開心。

房裡很暖，到處是東西。

「怎麼了？」

「我也不知道……胃很痛。我已經三天沒睡了。」老人一邊埋怨，一邊在桌前坐了下來。

「你有找醫師嗎？」

皮德佩利不以爲然地揮了揮手。「找醫師做什麼？我對他們有什麼用？又榨不出錢來。」

維克多走到電話旁，打了電話叫救護車。

「沒必要！」老人又揮手阻止。「他們來了又會走，我了解得很。」

「坐著別動，」維克多命令道。「我去泡茶。」

廚房桌上堆了一疊髒碗盤和吃剩的飯菜，杯子裡都是泡水發脹的菸蒂。維克多拿了兩只杯子到水槽洗乾淨，開始燒水。

過了一會兒，茶泡好了。兩人默默坐在桌邊，都在等著對方開口。老人的臉上閃過一絲嘲諷的微笑，不時瞄維克多一眼。

「我告訴過你，我之前也光采過。」他擺出訓人的架子，聲音沙啞而微弱。

維克多沒說什麼。

後來，門鈴終於響了。一名急救人員和一名護理員走了進來。

「病人在哪裡？」急救人員一邊問道，一邊用右手手指撥著剛捻熄的菸頭。

維克多朝老人點點頭。「是他。」

「您哪裡有問題？」急救人員在皮德佩利的臉上掃了一眼。

「我胃不舒服……這裡。」

「要給他罌粟鹼嗎？」急救人員回頭問護理員，後者正一臉嫌惡地掃視牆面。

「不必了，給了也沒用，」皮德佩利說：「我服過了。」

「嘖，我們就只有罌粟鹼了，」急救人員莫可奈何地說。「這樣的話，我們就回去了。」

說完他喊了護理員，兩人準備離開。

「等一下！」維克多說。

急救人員回頭望著他。「什麼事？」

「你們能帶他去醫院嗎？」

「是可以，但誰肯收他？」急救人員嘆了口氣，似乎真的很遺憾。

維克多掏出五十盧布。

「真的沒有地方嗎？」他問。

急救人員不知所措，又看了老人一眼，彷彿在衡量他值多少錢。

「十月醫院或許可以吧。」他聳聳肩，面帶羞愧地側身接過五十元鈔票，急忙塞進骯髒工作服的口袋裡。

維克多彎身在桌上找了紙和筆，草草寫下他的電話號碼。

「打電話跟我說他在哪裡，還有情況如何。」他將紙條遞給急救人員說。

「走吧。」對方點點頭。閃到老人面前說。

皮德佩利轉身搖搖晃晃走進廚房，抖著手拎了一串東西回來。

「老弟，這是鑰匙，」他說：「離開前把門鎖上。」

急救人員和護理員耐心等候老人更衣，接著便將他帶走，感覺很像押解囚犯而不是護送病人。

維克多獨自留在陌生的房間裡，坐在桌前呼吸雜物和灰塵的味道，以及嗆鼻的濕暖空氣。他覺得不大舒服。最後他站起身，卻又不想走。這間公寓、這個家已經凋敝了，讓他真心同情起來。四面牆壁和房裡的所有東西都訴說著屋主的無助和徹底的與世隔絕。

他洗了碗盤，稍微整理了房間才離開。他一邊心想，這樣皮德佩利回來至少可以舒服個一、兩天，一邊將門鎖上。

那晚，那位不知道名字的急救人員打電話來。

「老傢伙活不久了，是癌症。」他說。

「他在哪裡？」

「十月醫院腫瘤科五號病房。」

「謝了。」維克多說完掛上電話。

心情沮喪的他回頭看了桑妮埡一眼。

「我們今天會去廢棄空地嗎？」她看著他問。

「先吃晚餐再去。」他說完便走進廚房。

43

幾天後，總編輯的信差又拿了一疊檔案來。維克多翻了翻，發現這回要寫的都是軍方高層。大約二十人要寫緬懷文，每一位的生平都穿插著軍火買賣，融合得天衣無縫。除此之外所有的人各顯神通，甚至利用軍用直升機運送非法移民橫越烏克蘭和波蘭邊界，或長期出租運輸機。他越讀內容越黑暗。但這群人有一點特別，讓他們和之前的名人不一樣。維克多放下檔案凝神思索，一邊望著窗外的冬景，接著又拿起檔案。這些將軍、上校和少校都是好先生和好父親，個個為人正派。

維克多將檔案重讀一遍，開始有靈感了。他將茶壺放到爐火上，從桌子底下拿出打字機來。

他工作了兩小時，直到電話聲打斷了他。是地區民兵塞爾蓋。

「我和我姪女談過了，」他說：「她很樂意幫忙。方便的話，我半小時後帶她過去。」

「很好。」

冬日的夜幕早早地籠罩在城市上空。維克多放下檔案，走進起居室坐了下來。桑妮埡正在玩芭比娃娃。

「米沙呢？」他問。

「在那裡。」

「桑妮埡，待會兒會有一個阿姨過來，」他說：「一個年輕的阿姨，她要來當妳的保母。」

他覺得自己表達得很糟，便停了下來。

「她會陪我玩嗎，維克多叔叔？」桑妮埡問。

「當然。」

「她叫什麼名字？」

「我不知道，」他老實回答。「她是塞爾蓋叔叔的姪女，我們新年就是去那位叔叔的小屋度假。」

門鈴響了。維克多起身看了看錶。太早了，他心想，應該不是塞爾蓋。但是他沒錯。塞爾蓋和那年輕女孩在走廊脫外套，塞爾蓋說：「她是妮娜。」

維克多和她握手，接過她的外套掛在掛鉤上。

「她是桑妮埡。」所有人到起居室後，他對妮娜說。

妮娜朝桑妮埡微微一笑。

「她是妮娜。」他對桑妮埡說。

他的舌頭又打結了，因爲他覺得很尷尬，心裡暗自期望小女孩和妮娜能夠一見如故，省去他的麻煩，但她們只是面面相覷沒有說話。維克多趁機端詳妮娜：她個頭很小，圓臉短髮，頭髮是栗色的，看起來大約十七歲，緊身牛仔褲凸顯她頗爲豐滿的臀部，藍色毛衣下是小巧的乳房。她有一種青少年的調調，或許是笑容的緣故，雖然她笑得很節制。不過他很快就發現爲什麼了：她不想露出泛黃的牙齒。可能常抽菸吧，他想。

「我明天就可以開始。」她突然說。

「我們要做什麼？」桑妮埡問。

妮娜又露出那五分笑容。「妳想做什麼？」

「滑雪橇！」

「妳有雪橇嗎？」

「我有嗎？」桑妮埡瞪大眼睛，一臉急切地望著維克多。

「沒有耶。」維克多實話實說。

「沒關係，我會帶，」妮娜立刻接口道，彷彿料到維克多會說什麼。「雪橇在我住的珀多爾區很好用。」

維克多點點頭。

兩人講好她上午十點來，照顧桑妮婭到下午五點。

送走塞爾蓋和他姪女之後，維克多嘆息一聲。嘆氣是爲了兩件事。首先是他很高興兩人雖然在談工作，卻沒有繞著錢打轉；而且更重要的是，桑妮婭終於有保母了。他對未來更放心、也更輕鬆了一點。

「妳覺得怎麼樣？」他回到起居室問。

「她還不錯，」桑妮婭開心地說：「我們再看米沙怎麼說！」

44

對維克多來說，妮娜的到來解放了他。不是因為他之前花了很多時間在桑妮埡身上，包括早餐、晚餐和飯後的電視時間，而是覺得自己突然多了許多時間，雖然不一定是空閒時間，但就是更有時間了，純粹因為他更少自責，更少想到桑妮埡，不再怪罪自己對桑妮埡什麼都沒做。妮娜早上會來找她，兩人會一起出門，去哪裡他不曉得，直到傍晚桑妮埡一臉倦容回來，才會向他吹噓「我們去了親水公園！」或「我們去了普許查沃帝薩！」

維克多很快樂。工作默默前進著。嚴冬無情肆虐，米沙又開始半夜在屋裡四處遊蕩，有一回還嚇得桑妮埡驚聲尖叫。那天她睡在長沙發上，一隻手垂到沙發外頭，米沙碰到她的手臂就靠了上去。

她可能在作夢，突然接觸到米沙的體溫，讓她從惡夢中驚醒過來。

軍官緬懷文寫完後，維克多決定休息一天，先不要聯絡總編輯要他再拿檔案來。那天出太陽，早春的雪融也開始了。

桑妮娅和妮娜又出門散步了。米沙吃完豐盛的早餐之後回到起居室，站在陽台門邊享受嚴寒。

維克多決定去看老人皮德佩利。

融雪讓人行道寸步難行，維克多在往十月醫院的路上跌了幾跤，最後一次還是在腫瘤科的台階上。

他很容易就找到了五號病房。病房很大，有如學校的體育館，但可能因爲病床和床頭桌輪流並排的緣故，感覺很像營房。沒看到護士，病房裡瀰漫著藥物的酸味。有幾張病床拉上了隔簾。

他找了好一會兒，總算看到了皮德佩利。皮德佩利躺在窗邊的一張病床上望著天花板，感覺頭好像小了一圈。

維克多在門後拿了一張沉甸甸的矮凳，走到企鵝學家的病床旁坐了下來。皮德佩利完全沒有發現。

「嗨！」維克多說。

皮德佩利轉頭見到他，細薄發白的嘴唇彎出了一抹微笑。

「你好呀。」

「你還好吧？有沒有接受治療？」

老人微笑不答。

「我忘了帶點東西來，」維克多發現隔壁的床頭桌上擺了兩顆橘子，便歉疚地對老人說。

「我竟然沒想到。」

「沒關係……你人來就很好了，」老人從灰色厚毛毯底下伸出一隻手舉到臉上，指著雙頰的鬍髭說：「理髮師每週五會來，但只待兩小時，我一直輪不到。」

「所以你想剪頭髮？」維克多很驚訝，因為老人幾乎沒有頭髮了。

「我其實想刮鬍子，」老人手指摩挲鬍髭又說了一次。「之前睡我隔壁的，」他朝右邊病床點了點頭。「給了我他的刮鬍刀，而且是一整組，連刷子都有。但我自己沒辦法刮……」

「你要我幫你刮嗎？」維克多試探地問。

「你方便的話。」

維克多從皮德佩利的床頭桌上拿了剃刀、毛刷、小塑膠量杯和幾樣工具，然後站起來說：「我去拿點水來。」

他在走廊來來回回繞了兩趟，想找護士或醫師，但就是沒看到半個人。洗手間他是找到了，可水龍頭的水是冷的。最後他問了一名病人，對方要他下一層樓到廚房去看看。廚房裡一名身穿藍色工作服的老婦人拿出一只半公升的水壺，從沸水器裝滿熱水遞給他。

刮鬍子花了將近一小時，因為剃刀很老很鈍了。他看見老人的臉頰被他劃傷了幾處，但沒有流血。好不容易結束之後，他向其他病人討了一點古龍水，倒在手上替老人按摩臉頰。皮德佩利呻吟一聲。

「對不起。」維克多下意識回答。

「沒關係，」老人沙啞地說。「會痛就表示還活著。」

「醫師怎麼說？」

「把我的房子給他，他就讓我再多活三個月，」老人說著又笑了。「但我多活三個月做什麼？我又沒有要做的事了。」

維克多右手握起拳頭。

「他們沒有給你服藥嗎？」他問。

「這裡沒有藥了。自己帶藥來的才有藥吃，其他人只能得到病床和休養。」

維克多沉默不語，讓心中的氣憤慢慢散去。

「那醫師拿什麼交換你的房子？」鎮定一些後，他問。「藥嗎？」

「某種美國注射劑吧……」老人一手放在剛刮過鬍子的臉頰上。「對了，我有一件事要問你……」他朝維克多靠近，努力側起身子。「你彎下來一點。」

維克多彎下身去。

「你有房子的鑰匙嗎？」他低聲問。

「有。」維克多低聲回答。

「聽著，你一定要做到，別讓我失望。等我死了，放把火把房子燒了。」老人低聲道。「我拜託你！我不想讓別人坐在我的椅子上翻報紙，把我的東西統統清到垃圾桶。聽懂了嗎？那些是我的東西……是和我一起生活的東西，我不想它們離開……聽懂沒有？」

維克多點點頭。

「答應我，我一死就去做。」老人詢問地望著他，眼裡帶著懇求。

「我答應你。」維克多低聲說。

「很好，」老人毫無血色的雙唇再度抿出微笑。「我之前不是說了，我也過過好日子的，對吧？」

說完他重重嘆了口氣，再次平躺在床上。

「你走吧，」他沙啞地說。「謝謝你幫我刮鬍子，要不然沒刮鬍子躺著看起來就跟屍體一樣！」他說著指了指最近的隔簾。

「那人死了嗎？」維克多不安地問。

「今天拉隔簾，明日太平間！」皮德佩利低聲道。「你走吧。」

維克多站起身來，低頭看了老人一會兒。但皮德佩利凝視天花板，細薄的雙唇不停蠕動，彷彿只在跟自己說話。

45

隔天早晨一切如常。陽光照亮了窗戶，維克多和桑妮埡坐在廚房裡一起吃煎蛋喝熱茶。米沙從天一亮就悶悶不樂，兩人怎麼哄牠都不肯進廚房來用餐。

桑妮埡一直焦急地望著窗台上的鬧鐘，彷彿希望分針走快一點。

九點四十分，門鈴響了。桑妮埡立刻衝向門口，差點把椅子撞倒了。

妮娜來了。兩人興奮地問候對方，接著妮娜外套沒脫就探頭到廚房裡打招呼。

「妳們今天打算去哪裡？」維克多問。

「希來茲。先去森林散步，然後到珀多爾和到我家吃中飯。」

她義務式地點點頭，露出那藏住牙齒的五分笑容。

「妳的小夾克呢？」他聽見她在走廊問桑妮埡。「接下來是妳的小靴子。」

五分鐘後，她又探頭進來。

「我們走囉。」她說完又露出那半個微笑。

門砰一聲關上了。屋裡一片寂靜，只有起居室傳來窸窣聲。門嘎地開了，米沙走了出來。走廊空空蕩蕩顯然讓牠心滿意足，米沙走到廚房將門推開，在門口若有所思地望著主人，接著走到維克多身旁貼著他的膝蓋。維克多伸手撫摸牠。

幾分鐘後，米沙走到碗邊回頭張望。維克多從冷凍庫拿了兩條鰈魚，切好拿給米沙，接著再倒了茶回到座位上。

除了米沙啃魚的聲響，房裡近乎沉寂，讓維克多彷彿回到只有他們倆時的安靜與平和。沒有強烈的情感牽繫，只有互相倚賴所衍生出的血親感，彷彿兩人間雖然沒有愛，卻彼此關懷。畢竟就算親人也不必有愛。照顧和擔憂那是當然，但感覺和情感是次要的，只要相處得來就沒必要……

米沙匆匆吃完早餐，又回到主人身旁。維克多沒想到牠這麼有感情，不禁伸手撫摸牠。米沙靠著他的膝蓋靠得更緊了。「你沒不舒服吧？」他一邊打量牠，一邊柔聲問。

我們這陣子好像疏忽你了，他心想。首先是和桑妮婭看電視，現在又有妮娜。對不起，我想你應該很想跟之前一樣和桑妮婭玩吧。對不起……

維克多在廚房桌前坐了足足二十分鐘，不想打斷米沙。他一邊回想最近發生的事情，一邊思考未來。除了新年在夏季別墅虛驚一場，日子似乎過得很平順。一切都好，至少感覺如此。敬每一回的一如往常。曾經令人毛骨悚然的，如今已是稀鬆平常，表示人們已經接受並視爲常態，照樣過日子，而不是隨時風聲鶴唳。對他們和維克多來說，活下去畢竟才是最重要的，無論如何都要想辦法活著。

冬雪繼續融化。

下午兩點左右，門鈴響了。維克多走去開門，心想是妮娜和桑妮婭，結果進來的是伊格爾．羅夫維奇。羅夫維奇猛力關門，脫下外套，沒有脫鞋就直接走進廚房。他臉色蒼白，眼袋凸出，完全變了一個人。

「幫我弄點咖啡。」他一屁股坐在維克多的位子上說。

維克多一邊弄著咖啡機和咖啡，一邊回頭看了看總編。總編似乎在發抖，讓他頓時感同身受，但只有一瞬間。維克多開了火，將咖啡粉和水倒進咖啡壺裡，放到爐子上。

「那又怎樣！」總編心不在焉地喃喃自語。「那又怎樣？」

「出了什麼事嗎？」

「沒錯，」伊格爾．羅夫維奇撇過頭去。「等等……先讓我身子暖和再說。」

房裡再度陷入沉寂。維克多望著咖啡。泡沫浮現後，他從爐火上拿起咖啡壺，抓了兩只杯子倒了咖啡。

總編雙手捧著杯子，抬頭望著他。

「謝了。」他說。

維克多在他身旁坐下來。

「聽著，」總編突然開口。「我最好什麼都不告訴你。這事和你有什麼關係？還記得我之前要你低調個一、兩天嗎？」

維克多點點頭。

「唉，」總編慘笑道。「現在輪到我了。就一、兩天，等小鬼們把事情處理好，然後一切照舊。」

「我已經把將領的部分都寫完了，」維克多說。「就在那裡，窗台上。」

總編揮揮手表示他沒心情管緬懷文。

他喝了咖啡，點了根菸，想找菸灰缸但找不到，便直接彈在桌上。他默默坐了幾分鐘，沉浸在思緒裡。

「你知道，這真的很不好受，自己把自己送到槍口前面。」他嘆氣說。「非常不好受……你在忙嗎？」

「沒有。」

「那就好，」總編說完一臉認真地望著他。「我想請你幫我到辦公室一趟。我會打電話給祕書，讓她放你進去，請你幫我到保險箱裡把那個棕色公事包拿來。我會給你鑰匙。你要是發現被跟蹤，就把鑰匙扔了，四處遊蕩直到晚上。」

維克多突然害怕起來。他灌了一大口咖啡，抬頭望著對方專注的目光，看不出任何思緒或疑慮。

「什麼時候？」他走投無路地說。

「現在就去。」

總編從皮夾裡掏出鑰匙給他。

維克多起身要走，總編說：「等我先打電話。」

他走到起居室去。

「好了。」打完電話，他回到廚房說。

雖然積雪在融了，天氣還是冷得要命。維克多緩緩走向電車站，除了冷什麼都感覺不到了。他不再害怕，因爲身體和心都凍僵了。

一小時後，維克多走進報社大樓，前前後後出示了三次記者證給三群特勤民兵檢查，才來到總編輯櫃檯。祕書認得維克多，臉色蒼白地朝他點了點頭，接著便不發一語打開門鎖。維克多走進總編輯室將門關上，發現自己全身顫抖，接著想起自己完全忘了留意有沒有被人跟蹤，突然害怕了起來。

爲了保持冷靜，他走到辦公桌在總編輯的椅子上坐了下來。保險箱在左手邊的矮桌上。他掏出鑰匙，遲疑片刻之後將保險箱打開。棕色公事包在下層。他將公事包放在桌上，顫抖再次讓他腦袋一片空白。他不想起身離開辦公室，彷彿明白外頭危機四伏。他又看了保險箱一眼，多殺一點時間。保險箱上層有一個檔案夾，上頭擺了幾張打字稿。維克多想都沒想就伸手拿起最上面一張，立刻發現那是他爲鋼筋混凝土強化工會理事長寫的緬懷文。左上角寫了幾個字：

如擬
九九年二月十四日刊

底下是潦草奔放的簽名。

他越讀越吃驚，心中的恐懼逐漸被顫抖所取代。今天才二月三日！他瞄了其他稿子一眼，證實那些也是他最近完成的緬懷文，而且每一則都標了還沒到來的日期。他回到保險箱前，拿出檔案夾解開繫帶。一樣是緬懷文，日期比較近的在上面，全都寫了「如擬」，而且其中一則的日期就是今天，二月三日，底下同樣是潦草奔放的簽名。他從那疊稿子裡抽了幾份，最上面一張除了「如擬」和一個已經過去的日期外，還多了另一個人寫的兩個字：

已辦

維克多覺得天旋地轉，愣愣望著棕色公事包、緬懷文和打開的保險箱，嘴巴裡突然湧出噁心的苦味。他從桌上拿起一張紙，發現是寫給印刷廠的信，用文字處理器打的，只有簽名是手寫字。於是他仔細地讀。在文稿上寫下「如擬」的不是總編輯。總編輯的字俐落易讀，既不潦草也不奔放，但還是有個地方感覺很類似。而他回頭看檔案夾裡那些過期的緬懷文，發現「已辦」也是寫得歪七扭八，感覺很像冷到手抖寫出來的字。

桌上的電話響了，維克多心虛地嚇了一跳。他看著電話，希望鈴聲停止，可是沒有。他又開始心驚膽跳，不停左右張望，彷彿想看有沒有人在監視他，結果突然發現房門上方支架上的攝影鏡頭正朝下對著他。

維克多將緬懷文收回檔案夾，和其他文件一起放回保險箱鎖好，然後又偷瞄了一眼監視器。電話已經不響了，但重拾寂靜的房間一樣令人恐懼。維克多拿起公事包，深怕驚動什麼似的躡手躡腳離開了辦公室。

祕書對著電腦抬起頭來，螢幕上是脫逃遊戲的畫面。她看來神情緊繃。

「好了嗎？」她問。

維克多勉強擠出一句「謝謝」和「再見」就離開了。

46

維克多對城裡的一切充耳不聞，也沒有左顧右盼，緊緊抓著公事包的握把直接回家。他的腳知道路。

等他真的回到住處門口了，才發現樓下入口的長椅上有一名身著運動服和羊毛滑雪帽的年輕人一直盯著他。維克多打開房門，站在門口諦聽片刻，確定樓下入口沒有聲音才走進屋裡，小心翼翼將門關上。

「怎麼樣？」總編輯走到走廊上來迎接他，一看見公事包便露出微笑，拿著它走進了廚房。

等維克多脫完靴子和外套，伊格爾．羅夫維奇已經將公事包裡的東西統統攤在桌上了，包括有三叉戟浮雕的綠色護照、幾張信用卡、筆記本和收據。

「樓下入口，」維克多說：「有一個小伙子坐在——」

「我知道，他是我們的人，」總編輯頭也沒抬地說。「這裡有東西吃嗎？我有點餓。」

維克多認識的那個總編輯又回來了，又變得鎮定、自信與無畏，穩若磐石。

維克多打開冰箱拿出半熟乾香腸、奶油和芥末，接著走到火爐前。雖然背對著總編輯，他嘴裡還是嚐到了總編輯二手菸的辛辣味。

他點燃瓦斯，聽見總編輯起身走進了起居室。水滾了，他聽見總編輯在和某人講電話，但不打算轉身偷聽。他下意識覺得最好背對著起居室裡的一切，不要去看發生了什麼，讓一切遠離他和他的生活。

開門，腳步走動，高腳凳摩擦聲，總編輯又回到廚房桌子前。

半熟乾香腸已經在沸水裡了。

「你手上有現金嗎？」總編輯問。

「有一點。」維克多沒有回頭。

「借我八百元。」

兩人默默吃著香腸。維克多不停偷瞄窗台上的鬧鐘。快四點了，妮娜很快就會帶桑妮埡回來了。然後呢？總編輯到底有什麼打算？躲在這裡？藏多久？事情最後到底會怎樣？

維克多將香腸一片片沾了芥末送進嘴裡，機械式地咀嚼著。他忽然覺得有東西忘了，隨即想到他忘了拿麵包。但坐在他對面的總編輯吃得很開心，似乎完全不在意。他不像維克多用叉子叉著小香腸片沾了芥末吃，而是整片沾滿融掉的奶油，然後送進嘴裡。

「茶。」總編輯推開一掃而空的盤子命令道。

維克多泡了茶。兩人再次默默對坐著。總編輯若有所思，維克多望著他，想起緬懷文上的那些註記。他很想知道寫下「如擬」的人是誰，還有為什麼，但很確定總編輯絕對不會透露，只會用「你何必知道這個？」的態度打發他，什麼都不會多說。

維克多嘆息一聲，打斷了總編輯的思緒。他看了維克多一眼。

「我又有一件事要麻煩你，」他說。「幫我去拿機票。勝利廣場十二號窗口，帶著八百元去。我會把錢還你的。訂票代碼五零三。」

天開始暗了。維克多不想再出門，但知道他非出門不可，不管他喜不喜歡。

「好吧。」他說，但動作慢吞吞的。總編輯先是露出詫異的神情，隨即疲憊地微微一笑。

維克多穿上外套和靴子。離開那條街時，他瞥見那個穿戴運動服和羊毛滑雪帽的年輕人還在那裡。

航空公司訂票辦公室裡空空蕩蕩，只有一名亞塞拜然人臉色陰沉地在研究班機時刻表。十二號窗口是一名年約四十的女士，染成藍色的頭髮盤得很高。

「五零三號。」他說。

「護照。」她頭也不抬地說，一邊將訂票代碼輸入電腦。

維克多沒帶總編輯的護照，心情頓時沉到谷底。

「啊！」櫃檯小姐突然驚呼一聲。「不用護照，證件都齊了。算入匯率是七百五十元，現金是八百元。」她指著付款櫃檯說，依然沒有抬頭。

維克多遞了八張百元鈔。身穿藍色制服的年輕女士點了鈔票，再用僞鈔檢查機掃過一遍，接著轉身大喊：「錢收到了，薇拉。」

十二號窗口小姐將機票給他，航線是基輔經拉納卡往羅馬。維克多將機票摺好收進外套內側的口袋。

他回到住處時大約六點，妮娜和桑妮埡還沒回來，總編輯依然坐在廚房，拿著之前沖的咖啡氣定神閒地喝著。

他仔細檢查機票，然後收進皮夾。

「沒有人來嗎？」維克多問。「桑妮埡的保母應該帶她回來了。」

「沒有，沒有人來，」總編輯若有所思地回答。「但我會建議她帶小女孩到她家過一晚。」爲了強調，他還像智者一樣一邊點頭。

妮娜大約六點半帶桑妮埡回來，不停抱歉她耽擱了。

「希望你沒有太擔心，」她還站在走廊。「眞的很抱歉，我們在車站送塞爾蓋出發，結果耽擱了。」

「我沒擔心，」維克多說。「不過，桑妮埡今晚可以住妳那裡嗎，妮娜？」

妮娜一臉驚訝。桑妮埡剛脫完靴子，但還穿著夾克，也抬頭望著他。

「當然可以。」妮娜困惑地說。

「等一下。」維克多走進臥房拿了一百元回來。

「這是這星期和麻煩妳這件事的酬勞。」

「你要我什麼時候把她送回來？」

「明天……下午接近傍晚的時候。」

妮娜和桑妮埡離開後，維克多嘆了一口氣。他看見塑膠地板上有鞋印和融掉的雪水，便先到洗手間拿了抹布擦拭乾淨，接著才回到廚房。

「陪我坐到一點半，」總編輯輕聲說。「我在等車來，但我很累，可能會睡著……你有撲克牌嗎？」

時間慢得出奇。天色早就暗了，城裡萬籟俱寂。他們玩吹牛，並記下每一把的輸贏。維克多一直輸。總編輯邊玩邊笑，三不五時瞄鬧鐘一眼。中途他又點了一根菸。桌子右邊角落的菸灰越堆越高，他把它弄成小小的金字塔。

半夜一點半，車子準時出現。總編輯望了窗外一眼，開始算自己贏了多少。

「你欠我九十五元，」他咧嘴笑說。「你會贏回來的。」

他起身穿上外套。

「休個假吧，」他準備離去前說。「風頭過了之後，我就會回來，我們再繼續合作。」

「問題是，伊格爾，我做這些到底是為什麼？」維克多攔住他問。

總編輯瞇眼打量他。

「你還是不要問得好，」他輕聲說。「你愛怎麼想都行，但千萬記住：你一旦搞清楚你為什麼做這個，你就死定了。這不是演戲，是玩眞的。只有當你做的這件事和你這個人都不再有用處了，你才會知道事情的全部。」他悲傷一笑。「但我眞的希望你安安穩穩的，不騙你。」

總編輯開了門，那個運動服男就站在門口。他朝維克多點點頭，接著便和總編下樓去了。

維克多將門關上。房裡的寂靜令人不安。他嘴裡還留著苦澀的菸味，讓他突然很想啐一口痰，將菸味吐掉。

維克多回到廚房，那裡菸味更重，簡直像一道濃霧。他打開氣窗，感覺冷空氣迎面而來。但被燈泡照亮的煙霧拒絕離開，彷彿凝固似的，就算開了氣窗也沒有用。維克多拿起窗台上的稿子，將窗戶打開。寒風一掃，廚房的門砰地猛力關上。煙霧緩緩散去，寒冷也被空氣新鮮的感覺所取代。維克多對風沒感覺，只是望著總編輯留在桌上的菸灰尖塔被風吹走，掃到桌角灰飛煙滅，沒有留下半點痕跡。

門開了，被寒冷吸引過來的米沙出現在門口。牠走到主人身邊，抬頭望著他。

維克多對米沙微笑，接著又看了廚房一眼，想確定菸味都消失了。他突然覺得燈泡很刺眼，便將燈關了，在黑暗裡靜靜坐著。

47

十一點左右，維克多冷醒了。他跳下床跑進廚房關上窗戶和氣窗，關好又立刻跑回臥房。他穿著衣服在床上躺了一會兒，等身體暖了才又起身。

維克多泡了熱水澡又喝了濃咖啡，總算覺得舒服一點，房裡也漸漸暖和起來。他想起昨天發生的事：他寫的緬懷文被收在保險箱裡、上頭的註記、航空公司訂票辦公室，還有玩牌到一點半。感覺不像昨天，而是很久以前，來自遙遠的過去。但他突然聞到一絲菸味，所有回憶立刻鮮明地湧了上來。

天氣晴朗寒冷，融雪再度被寒冬制止了。

維克多雙手捧著熱咖啡，不知道自己該做什麼。之前的工作都做完了，接下來可能也不會有了，因爲總編輯逃跑了。雖然少了八百元，但錢還夠用。或許再回頭寫短篇小說？甚至長篇……

他開始構思文句，想讓自己分心，卻突然覺得才思枯竭。事實上，他覺得短文已經離他好遠、好遠，遠到他都開始懷疑那是不是自己的過去。也許不是讀過就忘的東西，而是他經歷過的一部分。

維克多大口喝著咖啡，想起妮娜快傍晚時會帶桑妮埡回來。現實開始蓋過他的思緒。接下來的生活又將回到過去的簡單：照顧桑妮埡、照顧米沙，然後應該八九不離十，他得找新的工作……還有孤獨，和過去一樣。

他突然想到妮娜，還有她說她和桑妮埡昨天到車站為塞爾蓋送行。所以他真的去了莫斯科，沒跟他道別就走了。維克多的孤獨之牆又多了一塊磚頭。回到妮娜，她那五分笑容、難看的牙齒和美麗的眼眸。他想不起妮娜的眼眸是什麼顏色。

但他為何想到她？維克多再次望向窗外，發現窗上又凝結了新的霜紋。他很快就要四十歲了，而和他最親近的是一隻企鵝。米沙無處可去，又沒有思考能力，實在不能算數……至於桑妮埡，他完全沒想到她，只想到她那一大筆錢，還有她平靜地說：「電視是我的！」電視的確是她的。要是他們——他、桑妮埡、米沙，還有妮娜——他們四個一起去散步，別人一定會說：**這家人多開心啊！**

他悲傷地笑了，在心中播放著這個從某個角度看來無比真實的甜蜜幻象，想像他們真的坐下來拍一張全家福。

48

妮娜傍晚六點帶桑妮娅回來了。她原本想馬上走，但維克多簡單燙了馬鈴薯，留她一起吃晚餐。

桑妮娅表現很糟，幾乎沒吃什麼便離開廚房了。

維克多和妮娜默默用餐，不時尷尬地偷瞄對方一眼。

「塞爾蓋要去很久嗎？」他問。

「他說要一年，但答應夏天回來待個兩天。他母親還住在這裡，現在是我替她買東西。」

「她怎麼了？年紀太大？」

「不是，她腳不好。」

兩人喝完茶，妮娜感謝維克多的招待，接著便起身告辭了。

送走妮娜之後，維克多走進起居室。電視開著，但桑妮娅衣服沒換就在沙發上睡著了。累壞了，他想。

他幫桑妮娅脫下外衣，替她蓋了一條毯子。正想關電視時，卻看見螢幕上一隻企鵝動作滑稽地從冰山跳進水裡，而旁白則是淡淡描述著南極的動物生態。

他轉頭尋找米沙，發現他站在陽台門邊，便過去將牠抱起來放到電視機前。

米沙咕咕低語。

「你看。」維克多低聲說。

米沙看見同類，便全神貫注盯著螢幕。

他們倆望著企鵝跳水、潛水，看了整整五分鐘。節目結束後，米沙衝到電視前用胸口頂了螢幕一下，電視在小茶几上猛力搖晃。

「嘿！你不能撞電視！」維克多扶住電視悄聲對牠說。

隔天早上，醫院來電話了。

「您的親戚過世了。」一名女性鎮定地說。

「什麼時候？」

「夜裡過世的。您會來領取屍體嗎？」

維克多沒有說話。

「您會安排葬禮嗎？」

維克多嘆了口氣說：「會。」

「我們可以將他安置在太平間三天，」那名女子說。「讓您準備葬禮。來領取屍體時，別忘了攜帶證件。」

維克多掛上電話，轉頭看了看桑妮娅。小女孩已經醒了，但蓋著毯子睡眼惺忪望著他。時鐘顯示八點半。

「妳可以再睡一下。」他說完便離開了起居室。

十點鐘妮娜來了。由於她有點感冒，因此說今天會待在家。

「妳知道科學家死後都葬在哪裡嗎？」

「貝柯夫。」

爲了禦寒，維克多穿得特別暖，穿好便出門去貝柯夫了。

到了墓園辦公室，接待他的是一名肥胖的老婦人。她身穿紅色開襟羊毛衫坐在老桌子前，雙手交握拿著一副古董卵石眼鏡。維克多繞過房間中央的暖氣機，在老婦人對面坐了下來。老婦人戴上眼鏡。

「我有一位親戚過世了，」他開口說。「一位科學家。」

「嗯，」老婦人淡定地說。「院士或學會成員嗎？」

「不是。」

「有其他親戚葬在這裡嗎?」

「我不知道。」

「所以你需要單人墓地,」她說,但比較像在自言自語。她翻開桌上一本很厚的名冊,在某一頁上寫了東西,接著將冊子推給維克多。

維克多將冊子拉到面前,在上頭讀到「一千元」。

「墓地的錢,」她說,隨即壓低聲音。「包括靈車和掘墓費……你也知道現在是冬天,泥土又凍又硬。」

「好的。」他說。

「死者姓名?」

「皮德佩利。」

「明天交錢,後天十一點下葬。來之前先打電話,我會跟司機說墓地的號碼。對了,你還可以在這裡訂一塊墓碑。」

49

隔天很難熬，感覺是這輩子最難熬的一天，但不是因爲他得安排葬禮。他不必安排。貝柯夫負責葬禮的夫人艾瑪給了他一張紙，上頭詳細列著葬禮的所有流程，寫得清清楚楚：

十一點於十月醫院太平間等候編號六六——七七靈車，將遺體化妝師（一百元，費用另計）妝扮好的死者送上靈車。死者將穿著原本服裝，以廉價松木棺下葬。

錢讓維克多不用自己處理，卻無法卸除心中的沉重。他完全不想回家。妮娜和桑妮埡在家裡。他早上跟妮娜說他有朋友過世了，她很體貼地說她會待到他回來。

維克多沒有返回住處，而是去了珀多爾，在巴邱酒館坐到接近打烊，喝了三杯紅酒。憑著酒精帶來的暖意，他在珀多爾四處閒晃，直到寒氣再度上身爲止。

他晚上九點回到家裡。

「我煮了湯，你要我幫你熱一碗嗎？」妮娜問。

晚飯後，他要妮娜留下來過夜，她答應了。

桑妮堊在起居室睡著之後，維克多在臥房裡緊緊抱住妮娜。雖然身上蓋了兩條毯子，他還是覺得很冷。他很討厭她眼中的同情，但只有靠近她才能得到一些溫暖。於是他抱得更緊，壓迫她的胸膛，想要弄痛她。但妮娜默然不語，只是同情地望著他。她摟著他，維克多感覺得到她的手擱在他背上，但那擁抱顯得被動而無力，彷彿只是勾著他。她委身於他，只是一樣被動，沒有說話也沒有出聲。維克多還是有一股衝動想傷害她，讓她哭出聲來，想要抵擋她，但很快就累了，因爲沒有用。他鬆開妮娜躺在她的身旁，閉上眼睛卻沒有入睡，無法忍受她同情的眼神。他覺得丟臉，對自己，也對自己的憤怒、氣惱與惡劣感到可恥。最後他終於睡著了。妮娜躺了很久，睜大眼睛望著他思考著，也許在想自己怎麼有辦法忍受。

隔天醒來，妮娜已經不在了。維克多怕她就這麼走了，再也不會回來，便趕忙下床穿上睡衣，衝到起居室一探究竟。

桑妮堊還在睡覺。他聽見廚房裡有聲音，是妮娜。她穿著衣服站在爐邊煮飯。他覺得自己應該說點什麼，或許向她道歉。妮娜轉頭跟他打招呼。

維克多溫柔抱著她，低聲說：「對不起。」

妮娜踮起腳尖吻了他的唇。

「你幾點要走？」她問。

「十點。」

50

靈車一路搖晃得很厲害，雖然司機試著放慢速度，但那些亮閃閃的進口車老是橫衝直撞，狂按喇叭，逼得司機一直緊張地望著照後鏡。

前座坐著兩個一臉聰明樣的矮小男人，一個穿著短羊皮外套，另一個穿著黑色皮衣，兩人都五十多歲。一個是遺體化妝師，另一個是禮儀師，不過由於兩人同時出現，一起幫太平間雜工抬出棺材，推上靈車的後座，維克多也搞不清楚哪位是哪位。

他一手攬著米沙坐在後座，讓牠坐著別動。兩人身旁就是棺材，只要車子轉彎就會嘎吱作響。棺材已經用釘子封住，蓋著紅黑兩色的布料。

他發現那兩個矮小男人不時投來疑問的眼神，只不過他們好奇的對象是米沙，而不是他。

靈車抵達貝柯夫墓園，在辦公室外停了下來。一群老婦人站在辦公室外頭兜售鮮花，維克多趁司機下車詢問墓地號碼時，向其中一名老婦人買了一大束花。

墓園裡的通道長得出人意料，兩旁的墓碑和欄杆似乎無止無盡，讓維克多看得好累。

靈車停了。

維克多起身準備開車門。

「還沒。」司機回頭對著透明隔層說。

「你看那邊！小心別刮著它們了！」其中一名矮個子男人盯著前面說。

維克多也往前看，只見通道右側停了一排發亮的進口車，留下一條很窄的通道給靈車過。

「看來最好繞道了，」司機說。「免得出差錯。」

他們倒車繞向另一條路，開了五分鐘左右便來到一處剛掘好的墓地。墓地一側堆著黏土般的泥土，還有兩把沾滿泥巴的鏟子。

維克多下車打量四周，發現五十公尺外有一群人，對面方向則有兩名瘦巴巴的墓園工人朝這裡走來。兩人穿著羽絨外套和長褲，全都破了洞，坑坑疤疤的。

「這就是那位科學家？」其中一名工人問。

「把他交給我們吧。」另一名工人甩頭說。

他們將棺木放在墓穴旁的地上，其中一人去拿了一捆粗繩，將棺木固定好，準備往下放。

維克多回到靈車，將米沙抱出車外放到地上。捆繩工人狐疑看了一眼，但沒有停下手邊的差事。

「可憐的傢伙，對吧？」另一名工人問司機。「沒有神父，也沒有弔唁者。」

司機朝維克多的方向使了使眼色，要工人閉嘴。

棺木放進墓穴後，兩名工人轉頭，一臉期盼地望著帶著企鵝的維克多。

維克多走到墓穴旁，將花扔在棺木上，然後又撒了一把土。

工人開始揮動鏟子，十分鐘內就將墓穴填平了。兩人拿著幣值已經一文不值的百萬元紙鈔向維克多告別，告訴他應該五月來的，那時墓地剛整好。化妝師和禮儀師坐上靈車離開了。維克多婉拒了司機送他到墓園門口的提議，只和米沙留了下來。

米沙僵著身子站在墓地旁，望著附近正在舉行的葬禮，彷彿若有所思。葬禮的聲音有一點嘈雜，讓維克多覺得很煩人。

只有一個哀悼者，感覺很怪。親戚和朋友呢？難道皮德佩利比他們都活得長？很有可能。再說要不是維克多對企鵝感興趣，誰會來爲他送葬？又會將他葬在哪裡？

冷風吹得他雙頰刺痛，凍僵了他沒戴手套的雙手。維克多看了看四周，不曉得出口在哪裡，但他並不擔心。

「米沙，」他嘆了口氣，蹲下來看著企鵝說。「我們人類就是這樣埋葬死去的同類的。」

米沙聽見主人的聲音便轉過頭來，用牠那小而憂傷的眼睛望著他。

「所以，我們來找出口吧？」維克多問道，開始認真環顧四周，發現一名男子從另一處葬禮場地朝他們走來。

男子朝這邊揮手，但前後左右只有維克多一個人，所以他便靜靜等著。

男子個子很小，留著鬍子，身上一件防風夾克，脖子掛著望遠鏡。這樣的裝扮出現在葬禮很奇怪，但他的臉有一點面熟。

「對不起，」男子說。「我剛才在監視這一區，」他拍拍望遠鏡。「竟然發現一隻我之前見過的動物，就想說過來打個招呼。新年在民兵的夏季別墅。還記得嗎？」

維克多點點頭。

「我叫李歐夏。」鬍子男伸手說。

「我叫維克多。」

兩人握手。

「你朋友嗎？」李歐夏指著墓地說。

「是的。」

「我們那邊葬了三個。」他悲傷地嘆了口氣說。

他蹲在米沙面前，拍拍牠的肩膀。

「嗨，企鵝，你好嗎？我好像忘記牠叫什麼了。」他抬頭說。

「米沙。」

「啊，對了，米沙！穿西裝的鳥……眞帥氣！」

他起身回頭望著他參加的那場葬禮。

「你知道怎麼出去嗎？」維克多問。

李歐夏看了看前後左右。

「我不知道……但你如果不急著走，要不要等一會兒，我載你一程。我們那邊快結束了，神父眞是無趣極了，每位死者都講道半個小時……你在這裡等著，那邊結束後我跟你揮手。」

大約過了二十分鐘，維克多看見哀悼者開始移動了。人群開始解散，亮閃閃的進口車也發動了。他努力尋找鬍子男李歐夏的身影，但他沒有望遠鏡，眼睛也被凜冽的寒風吹得不停流淚，什麼都看不清楚。最後他總算看到有人揮手。

「走吧，米沙。」他說著往前走了幾步，接著回頭。米沙緩緩跟了上來。

等他們走到堆滿花圈的三個新墳時，只剩一輛老賓士還在原地。

「我可以載你們回家，」李歐夏一邊說一邊在墓園裡找路。「守靈夜我可不想第一個到。」

維克多欣然接受了，半小時後就回到了他家所在的街上。

「這裡是我的電話號碼——說不定我們還會再見面，」李歐夏遞了一張名片給維克多。

「也給我你的電話號碼吧，以防萬一。」

維克多收下名片，在儀表板的便條紙上留下他的號碼。

51

快傍晚時，妮娜收拾東西準備離開。

「妳不留下來嗎？」維克多問。「葬禮完要吃晚餐呢。」

他一臉倦容，語氣也不堅決。但她點點頭。

「你去陪桑妮娅，我來想要吃什麼。」她說。

他走進起居室，桑妮娅已經把電視打開了。妮娜走進廚房。

「今天播什麼？」維克多在桑妮娅身旁坐下，這麼問道。

「艾維拉第五集。」桑妮娅立刻回答。

維克多掏出手帕，替她擦了擦鼻子。

正好是廣告時間。維克多低頭望著地板，避開萬花筒般五顏六色的刺眼畫面，桑妮娅則看得目不轉睛。

令人眼花撩亂的廣告終於結束，螢幕出現工作人員名單和無精打采、虛弱的開場音樂。

「妳還不想睡嗎？」他問。

「不想，」小女孩眼睛盯著電視說。「你呢？」

維克多沒有回答。節目裡的角色說著又甜又膩的拉丁腔，他越聽越有氣，完全不想融入劇情當中。他抬頭尋找米沙的身影，卻沒見到牠。米沙在臥室，像座雕像似的動也不動站在深綠色長沙發後方的小窩裡。維克多蹲在牠身旁。

「我們還好吧？」他拍拍企鵝黑色的肩膀問。

米沙看了他一眼，接著低頭望著地板。

維克多發現自己想起了皮德佩利，想起他幫老人刮鬍子，老人交代他而他承諾會做的事。他立刻將回憶收了回去，只是忍不住脊椎一陣冷顫。

一定是在墓園待太久的關係，他心想。

他想起年老的企鵝學家面對即將到來的死亡是多麼坦然和輕鬆。**我又沒有要做的事了，**他說。維克多搖搖頭，覺得眞是不可思議。米沙見狀後退一步，神情警覺地望著他。

我也沒有，維克多心想，不過這個錯誤的想法讓他臉上露出歉疚的微笑。

他其實有要做的事。就算沒有，也不可能如此輕鬆對待死亡。他曾在筆記本裡這麼寫著：**好死不如賴活著**。他曾經為此自豪，不管合不合適都拿出來說嘴，後來就忘了這句話。多年以後，皮德佩利的話深深撼動了他，也讓這句話重新浮上記憶的表面。兩個人，不同的年紀，不同的態度。

米沙看見主人蹲著不動，一副若有所思的樣子，便走過來用嘴巴蹭了蹭主人的脖子。那冰冷又溫柔的觸碰打斷了維克多的思緒，讓他回過神來。他嘆息一聲摸了摸企鵝，站起來走到窗邊。

對面街廓的窗戶有明有暗，宛如空格很多的縱橫字謎。這些窗戶見證了生命的極度平凡。雖然令人感到哀傷，卻被夜色柔和、沖淡了。一股奇特又不太自然的淡定有如風雨前的寧靜一般，緩緩在他心裡瀰漫開來。維克多雙掌貼著冰冷的窗台，兩腿抵著發熱的暖爐，知道這份淡定只是暫時的。他站在窗邊，默默等它消散。

沒多久，他聽見輕柔的呼吸聲，便猛然回頭，只見妮娜站在半明半暗的角落。

「晚餐好了，」她低聲說。「桑妮垭睡著了，看電視看到睡著了。」

兩人穿越起居室。起居室裡只剩下角落一盞標準燈，房間非常昏暗。

廚房飄著蒜頭和煎洋芋的味道。餐桌中央架子上擺著一只蓋上的煎鍋。

「我看見你有伏特加，」妮娜指著櫥櫃試探地問。「需要我倒一點嗎？」

維克多點點頭。妮娜拿了伏特加和兩只小酒杯，分好肉和煎洋芋，然後將酒杯斟滿。

維克多坐在他平常的位子，妮娜在他對面。

「葬禮如何？」她問。

「很安靜，沒有人出席，只有我和米沙。」

「嗯，願他安息！」她先舉杯致意才將酒遞到唇邊。

維克多也喝了一口。他切好肉抬頭看了妮娜一眼，發現伏特加讓她雙頰泛紅，一張圓臉顯得更加動人。

他突然察覺自己對妮娜一無所知，不曉得她是誰或來自何方。沒錯，塞爾蓋是她的叔叔，但除了這個人很好交朋友之外，他又對他了解多少？光是他名字的由來就讓維克多心頭一暖。塞爾蓋這個名字的故事讓他彷彿踏上隱形的基座，將他提升到一種境界，光是討他喜歡就足以讓他對這個人完全信任。

維克多又斟了一些伏特加，舉起杯子。

「你跟他很熟嗎？」妮娜問。

維克多一飲而盡。「應該吧。」

「他是做什麼的？」

「科學家，在動物園工作。」

妮娜點點頭，但臉上的神情顯然表示她對死者的興趣已經結束了。

兩人默默吃飯，而且爲了表示肅穆，喝酒都沒有碰杯。妮娜將用過的碗盤收到水槽裡，然後開始煮水。她望著窗外等水煮開，突然面容扭曲，好像哪裡疼痛一樣。

「怎麼了？」

「是這座城市，我受不了了……無名的群衆……距離……」

「怎麼會呢？」他訝異地問。

妮娜雙手插進牛仔褲口袋，聳了聳肩。

「我母親眞蠢，竟然拋下一切搬到這裡來……要我才不會這麼做！那裡有住的地方，還有花園，都是你的。那才是最好的。」

維克多嘆息一聲。城市出生的他對鄉下沒什麼特別的感覺。

水滾了。

兩人再度對桌而坐，隔著沉默陷入自己的思緒中。

維克多睏了。他站起身，突然發現雙腿好重。

「我去睡了。」

「你去吧，這裡我來收拾。」

維克多一躺到床上就呼呼大睡，過了半夜才又熱醒過來。他感覺身旁暖暖的，是妮娜背對著他熟睡著。

他一手按著妮娜的肩膀，再次沉入了夢鄉。他心滿意足，彷彿所有的疑慮一掃而空。按在她肩上的手有如甬道，讓彼此生命的溫暖相互交流，讓他毫無阻礙地沉沉睡去。

52

又是早上。維克多醒來覺得腦袋昏昏沉沉，而且妮娜不在身邊。時鐘顯示早晨八點半。

他經過起居室朝廚房走，桑妮埡還沒醒。他聽見浴室有水聲。

他走到爐邊去煮咖啡，發現桌上有一個信封。封口黏上了，但沒有署名。他將信封拆開，從裡面抽出一張摺好的紙和八張百元鈔。

有借有還，萬分感謝。情勢回轉中，重逢在即。伊格爾。

信紙滑落地面，他手裡只剩八張鈔票。

維克多探頭到浴室。妮娜還在沖澡，水流讓她的曲線更加凸顯。看見他僵硬地站在門口，她倒是不怎麼難爲情，只是有些驚訝。

「有人來過嗎？」他問。

「沒有。」她說，目光盯著他手上的紙鈔。

「廚房桌上怎麼會有一封信？」

「我還沒進廚房呢。」她聳聳肩說，小蘋果般的乳房隨之晃動。

維克多關上浴室的門，站在走廊上試圖定下心來，但一直被水聲打擾。他努力回想昨晚的一切經過，以及妮娜說過的話。說完話他就去睡了，但桌上的信表示顯然有人來過。地板上沒有痕跡，但物證俱在……

他打開走廊的燈，檢視地板上有沒有不速之客留下的痕跡，但一無所獲。

維克多回到廚房沖了咖啡，在桌前坐下。他想起新年前夕也曾收到人類米沙的字條和禮物。這回完全一樣，只不過送來的不是禮物，而是總編輯的信。情勢回轉中……這表示他很快又會有工作，很快就能見到總編輯，問他用的是哪種投遞服務，竟然有他家的鑰匙了嗎？

鑰匙……他起身走到門口轉動門把。門鎖得很牢。維克多回到廚房。

我可以換鎖，他這麼安撫自己。他有很多選擇，帶警報器的、用密碼的、電子控制的……他甚至可以裝兩道鎖。這樣一來，他的公寓、個人生活及睡眠都會安安穩穩了。

放心之後，他替妮娜沖了咖啡，正想端去給她時，就見她走進了廚房。妮娜穿著他的睡衣。

「我幫妳沖了咖啡。」他說。

「謝謝。」她微笑接過杯子，在桌前坐下。

「維克多，」她臉上的神情半是認真，半是懇求。「我想跟你說……」她欲言又止，彷彿在斟酌詞彙。「呃，關於我們……我們既然是情侶了……」

她陷入沉默。

「妳想說什麼？」他問。妮娜的沉默讓他惶惶不安。

「關於我的薪水，」最後她還是說了。「這對我很重要……就是我照顧桑妮婭的費用。」

「妳當然還是會拿到薪水，」他驚訝地說。「妳怎麼會覺得不會有了呢？」

妮娜聳聳肩。

「你難道不覺得有一點怪嗎？我們是情侶，但我又領你薪水。」

他好不容易才用咖啡趕走了腦袋裡的昏沉，這會兒突然又回來了。

「沒問題的，」他嚴肅地說。「別擔心，付錢的不是我，是桑妮婭，是她父親出錢。」

妮娜一臉尷尬，愣愣望著桌子和面前的咖啡杯。

「別擔心，」維克多說。他起身撫摸她濕濕的頭髮。「沒關係的。」

妮娜點點頭，但沒有抬頭。

「我會很晚回來，」他說。「誰來都不要開門。這筆錢先給妳……」

他放了兩張綠色的百元鈔在桌上，接著便出門了。

53

維克多先在城裡晃了一下，才搭地鐵前往斯夫亞托席諾。幾次純屬偶然的融雪之後，凜冽的二月又回來了。陽光普照，腳下白雪晶瑩剔透，維克多穿著羊皮短外套，插在口袋裡的雙手都快結冰了。他右手緊抓著幾片同樣冰冷的金屬，是皮德佩利家的鑰匙。

這一回寒冷讓他的雙腳添了翅膀，十分鐘便從地鐵站走到皮德佩利家。他匆匆閃進房裡，甩掉鞋上的積雪，穿過起居室走進廚房。廚房很整齊，只有濕氣和塞滿東西的感覺讓他憶起那一天，他叫救護車將皮德佩利永遠帶離這裡。

空氣裡不知道有什麼，讓他打了個噴嚏。

維克多環顧廚房，心想應該讓老人在家裡過世的。他望著舊家具、指針停止的時鐘和窗台上的陶瓦菸灰缸。那個菸灰缸顯然沒用過，要嘛老人忘了它，要嘛就是不想砸壞它。

他走進起居室。幾把老派的椅子收在圓桌邊，一盞五罩式霧玻璃水晶燈垂掛在天花板正中央。面對門是一個五斗櫃，上頭疊了三個書架。書被相片和剪報擋在後頭，牆上也有裱了框的相片，訴說著過往時光。整間房子的擺設都飄著往日的氣味。

維克多想起祖母家。他父母親離婚分道揚鑣後，他便由祖母一手帶大。祖母家在塔拉索夫街上的一棟老房子裡，裝潢和皮德佩利家一樣老式，只不過他當年沒有發現。祖母家也有一個五斗櫃，只是比較小，而且上頭擺了一個玻璃櫃，陳列著祖母引以爲傲的收藏品：表揚她工作表現的陶瓷花瓶。總共有五、六個，上頭都用金色墨水小心翼翼、工工整整寫上她的姓名、縮寫及日期，還有簡短的工作事蹟。牆上同樣掛著裱框相片，場景也是同一個年代，記錄著一個不再存在的國家，以及一段才剛揮別便已經顯得無比遙遠的過去。

他走到五斗櫃前，在書架上的相片裡看到了皮德佩利。他和一名女子站在一排棕櫚樹前，相片底下寫著**雅爾塔，一九六〇年夏**。維克多定睛細瞧，皮德佩利當時大約四十到四十五歲，頂著鬈髮的女士顯然也是差不多年紀。另一張相片只有皮德佩利一個人。他站在游泳池旁，一隻海豚從水裡探出頭來。相片底下寫著**巴統，一九八一年夏**。

過去相信日期，而人的一生也充滿了日期，賦予生命節奏和遞嬗感，彷彿站在日期的高峰上，人便能往回和往下看，見到過去。清楚、易懂，分割成一樁樁事件、一條條已知的道路。

或許是在一樓的緣故，儘管房裡飄著書霉味，維克多還是覺得安然自得。牆壁和褪色的壁紙、水晶燈沾滿灰塵的燈罩及成排的相片都讓人目眩神迷。

他坐在桌旁，再次想起他的祖母亞莉珊卓拉．瓦西耶夫納。年事已高的她經常拿著一張小板凳，坐在房子外的馬路旁說，求神別讓我癱瘓，否則生活毀了，老婆也跑了！他那時只覺得好笑，不過奶奶雖然老態龍鍾，卻還是從鄰居口中問到了房屋掮客的電話號碼。於是兩個月後，他搬進一間雙房公寓，奶奶則是搬到赫魯雪夫貧民區的一樓套房，在那裡靜悄悄地離開了人間。社會安全局派人葬了她，鄰居則是每人出三盧布幫她買了花圈。維克多半年後從部隊返家才知道這件事。

他想喝茶，便進了廚房。天色漸暗，他打開電燈，老冰箱瞬間活了過來，讓他嚇一大跳，便打開看了一眼。冰箱裡有生香腸，還有一罐已開封的濃縮牛奶。他取出牛奶，在高而細長的收納櫃裡找到一個茶包。

雖然在別人家，他還是感覺很自在，只是多了一分不安。他喝了茶，配上已經凝固的濃縮牛奶。屋外不時傳來行人或車子經過的聲響。

他覺得喉嚨有一點癢，便又倒了一杯茶喝了，然後回到起居室。他開燈朝書房望去，裡面全是書架和書櫃。他走到書桌前，點亮一樣老舊的大理石座桌燈，在黑色皮椅上坐了下來。

書桌上筆記本凌亂散落著。維克多發現桌燈旁有一本很厚的日記本，便拿起來翻了翻。裡面的字跡小又潦草，夾雜著許多書籤。其中一個書籤是剪報，日記就翻開在那一頁。維克多靠近桌燈。剪報上的新聞是英國贈送烏克蘭一個南極工作站，結尾呼籲各界資助：若是缺乏經濟援助，烏克蘭科學家就無法前往工作站。底下附了徵詢電話和銀行捐款帳號。

維克多心想，南極和烏克蘭有什麼關係？

他發現日記本還夾了一張郵局匯票收據，便拿起來一看，這一看簡直不敢相信自己的眼睛。皮德佩利匯了五百萬給「支持南極」活動，以膨脹到可悲的幣值來看，很可能是他的畢生積蓄。

他放下收據和剪報，開始閱讀老人的日記，然而只看懂幾個字。皮德佩利的字讓他的想法化成了密碼，外人完全無法猜透。

不安的感覺又回來了。他指尖發癢，彷彿碰到某種無法理解與解釋的事物。

他沒有忘記答應老人的事，只是希望暫時不去想它。雖然一路沒想，但這終究是他來的原因。他冰冷的手裡握著冰冷的鑰匙，有如羅盤將他帶來了這裡。

這會兒他坐在一堆再也不屬於誰的物品與紙頁之間，置身於一個創造者和主人已經離去的世界。老人不想讓外人見到這世界，不希望這個舒適的小宇宙晚了三、四十年才遭到毀滅。

他深深嘆了一口氣，突然很想拉開所有抽屜，翻找五斗櫃，看看有沒有備忘錄之類值得保留的東西。但皮德佩利的小小世界已然凍結，渾然不動，沒有給他任何機會。他默默望著眼前的收據、剪報、日記和筆記本。

街道已經安靜了。屋裡和屋外的沉寂讓他開始行動。他將剪報收進外套口袋。

他環顧書房牆壁，但沒有碰任何東西。他去廚房瓦斯爐上拿了火柴，並在走廊小壁櫥裡找到一罐丙酮，然後回到書房。他關起心門不去想接下來要做的事，將丙酮灑在下層書架的書和桌下一疊舊報紙上，然後將半疊報紙拿進起居室，放在餐桌底下，把沾著茶漬的抹布也扔到桌下。接著他放火點燃報紙和其他的可燃物。火焰在書房和起居室嘶嘶作響，但還微弱得不足以吞噬這個行將毀滅的小世界。維克多在五斗櫃裡挖出被單、枕頭套和毛巾，將它們扔進火焰裡，連同皮德佩利掛在牆上的雨衣也丟進火中。

灰渣滾滾，空氣越來越熱，房裡都是濃煙與火星，逼得他退到了走廊。

燃燒的劈啪聲越來越響，火焰已經竄到桌上，完全吞噬了桌腳。

維克多一邊撈鑰匙，一邊朝門口走去，但又衝回起居室把燈關了。黑暗中火焰發出深紅色的光芒，美麗無比，可怕異常。

他走出房子將門鎖上。

他繞著街廓走了一圈，停在皮德佩利家的窗戶對面看著火焰竄上了天花板。他抬頭望向二樓，沒有燈亮。二樓住戶不是睡著了，就是還沒回家。

他又望了一眼窗內奔騰的火焰。

就這樣了。維克多實現了諾言。

但他雙手發抖，脊椎不停打著冷顫。

他轉身瞥見隔壁街上有公共電話，便過去打電話給消防隊。

玻璃裂了，彷彿火焰想奪窗而出。一名女子驚聲尖叫。五分鐘後，維克多聽見消防車的警鈴聲。消防隊員出動了兩輛車，所有人在現場東奔西跑，拉長水管大吼大叫。維克多看了終將被撲滅的火焰最後一眼，接著便不疾不徐朝地鐵站走去。

他嘴裡還帶著煙味。雪花輕輕落在他的臉上，但還來不及融化便被冰冷的寒風吹走了。

54

維克多鑽進棉被裡，妮娜睡眼惺忪地說：「你頭髮有營火的味道。」

維克多低聲應了一句，接著便筋疲力竭轉身呼呼大睡了。

他隔天十點左右醒來，聽見桑妮埡在床邊和米沙說話。

「桑妮埡，妮娜阿姨呢？」

「她走了。我們吃完早餐她就走了。我們留了一點東西給你。」

他發現廚房桌上擺了兩粒水煮蛋，鹽罐底下壓了一張字條。

嗨！我不想吵醒你。我去塞爾蓋母親那裡幫忙，買東西和洗衣服，結束後就會回來。

愛你，妮娜。

維克多讀著字條，一邊伸手去拿水煮蛋。蛋冷了。他泡了茶，開始吃早餐。

吃完他回到臥室。

「妳餵過米沙了嗎，桑妮婭？」

「餵過了。我給牠吃了兩條魚，但牠好像還是不開心。這是爲什麼呢，維克多叔叔？」

維克多坐在長沙發上。

「我不知道，」他聳聳肩說。「我想企鵝只有在卡通裡才會開心吧。」

「所有動物在卡通裡都很開心。」桑妮婭小手一揮說。

維克多看著桑妮婭，發現她穿了一件新的翡翠色洋裝。

「這是新衣服，對吧？」

「妮娜送我的。我們昨天去散步經過一家店……她就買下來給我。很漂亮對吧？」

「對。」

「米沙也很喜歡。」

「妳問過牠了？」

「對，可是牠不開心。也許待在家裡對牠不好。」

「有可能，」維克多贊同道。「牠喜歡冷天，但房裡很暖和。」

「也許我們應該把牠放進冰箱。」

維克多望著桑妮婭身旁的米沙。米沙身體左右輕晃，胸口一起一落呼吸著。

「我們不能把牠放到冰箱裡，塞不進去。我猜牠想要回家，但牠的家在很遠的地方。」

「很遠很遠嗎？」

「在南極。」

「南極在哪裡？」

「地球是圓的，妳可以想像嗎？」

「像球一樣嗎？可以，我能想像。」

「嗯，我們站在球的頂端，企鵝住在球的底端，幾乎就在我們正下方……」

「牠們的腳都懸在空中嗎？」

「算是吧，但牠們看我們也是腳懸在空中……妳懂嗎？」

「沒錯！」桑妮埡大喊。「而且我還會倒立！」

說完她背靠長沙發的邊緣，試著用頭頂起身子，但一直撐不起來。

「我真的會倒立！」桑妮埡坐回地毯上說。「只不過我吃完早餐身體變重了，所以撐不起來。」

維克多笑了。這是幾個月來他頭一回和桑妮埡聊得這麼輕鬆自在，沒有在心裡生悶氣，感覺很不習慣。因爲他始終記得桑妮埡是別人的孩子，闖進他的生活純屬意外，可以說是被扔到他頭上的。而他心腸太好，無法將她送到被拋棄的小孩該去的地方。當然，情況不全是這樣。他對桑妮埡有一種奇怪的責任感。雖然他對人類米沙幾乎一無所知，但桑妮埡是他身陷險境時託付給他的。要是人類米沙倖免於難，一定會回來接她，但到現在都沒有人來。人類米沙沒提到桑妮埡的母親，而他的敵人兼朋友塞爾蓋．契卡林半真半假想來接走桑妮埡，卻又不告而別。於是桑妮埡便這麼待了下來，這會兒坐在他家裡，臉上看不出焦慮，也沒有倦容。沒錯，這得感謝妮娜。但沒有桑妮埡，妮娜也不會出現。他和企鵝米沙將一如往常，生活不好不壞，只是平淡。

妮娜大約三點回到家。告別塞爾蓋的母親之後，她又去了商店一趟，一進廚房就開始放東西。桑妮埡喝的凝乳、法蘭克福香腸、茅屋乳酪……

維克多走進廚房，妮娜說：「你知道嗎？塞爾蓋今天從莫斯科打了電話回來，他很好。」

她轉身吻他。

「你身上還是有營火的味道！」說完她嫣然一笑。

55

幾天過去了。日子安靜而單調，維克多什麼事也沒做，只換了兩個門鎖。自己買來、自己組裝的滿足感持續了幾個小時，但無聊的感覺再度浮現。他得找點事情來做，但什麼事都沒有，而他又不想寫作。

「維克多叔叔！」桑妮埡站在陽台窗邊高興大喊。「冰柱好像在哭喔！」

融雪又開始了。也該是時候了，都三月初了。

他很期待春天，彷彿溫暖會解決他的一切問題。但當他靜下來思考，卻又發現那些問題根本不算問題。他手上還有錢，何況總編輯的深夜密函又附了一些。衣櫥上層的袋子裡除了手槍，還有一大捆百元鈔票。雖然錢是桑妮埡的，但他身爲桑妮埡的名義監護人，應該有資格動用。

和之前一樣，妮娜白天負責逗桑妮埡開心。她們兩個有時在家，有時出門四處閒晃，留維克多在家，但晚上一定會回來。儘管缺乏愛與激情，但他依然發現自己的臂膀和身體熱切渴望夜晚的到來。擁抱、撫摸妮娜，和她做愛，能讓他忘記自己。她身軀的溫暖似乎正是他殷殷期盼的春天。午夜夢迴，當妮娜沉沉睡去，在他身旁規律呼吸，維克多會睜著眼睛，心裡充滿一種奇特的舒適感，覺得自己過著規律正常的生活，人生所需要的一切（妻子、小孩和企鵝寵物）都有了。儘管這樣的組合顯然是硬湊的，維克多還是選擇閉上眼睛不去看它，好維持那份舒適感，以及暫時的快樂。可是誰知道呢？也許他此刻的快樂絲毫不比早晨的清醒思緒更虛幻。但話說回來，白天的思緒到了晚上會變成什麼？夜晚快樂、白天清明，如此反覆不斷，似乎證明了他既快樂又清醒。因此一切都好，人生值得繼續活下去。

他正從冰箱冷凍庫拿出米沙的早餐時，電話響了。他將幾片魚扔進碗裡，走進起居室拿起話筒。

「你好呀！」電話另一頭傳來熟悉的聲音。「最近過得如何？」

「很好。」

「我回到基輔了，」那聲音絕對是總編輯沒錯。「你的休假可以結束囉。」

「你要我去見你嗎？」

「不必這麼浪費時間。我派信差過去，把你完成的作品交給他，他會把新資料給你。你會在家嗎？」

「會。」

「太好了！對了，你這次休息可是有薪假，即使你不是工會成員也一樣。改天見囉！」

維克多泡了咖啡，默默享受屋裡的寧靜。妮娜和桑妮婭去普許查沃帝薩看雪花蓮了。這份寧靜讓他得以坐著啜飲咖啡，思索這份寧靜，甚至坐著什麼都不看不想，只是喝著咖啡，沉浸在咖啡的芬芳中，將擾人清靜的思緒擋在門外。

然而，他喝著濃咖啡，突然感到一股焦躁。這時米沙掉了一塊魚在地上，把他嚇了一跳，猛然轉頭看牠。

咖啡的芬芳不再重要，他心裡的焦躁加深了，不安的思緒開始射出接二連三的問題朝他攻來。

接下來呢？繼續再寫緬懷文？回到那些畫滿紅線的生平事蹟，而故事中人完全不曉得自己的訃聞已經備妥了？偶爾到總編輯的聖殿裡喝咖啡？重新感受他的和顏悅色與歪斜圓潤的字跡？感受他的簡潔扼要，還有他對「已辦」兩個字的執著？那兩個字整整齊齊、不屈不撓反覆出現在一份份緬懷文原稿上，而那些緬懷文已經發出通告，告訴讀到的人下一個生命即將告終，即將擁有長長訃聞的不幸者是誰。

這種新文體是他的發明，就這麼存活下來了。許多文中的主角卻沒有。但無論他有多渴望得到別人的肯定，多希望大喊「這是我寫的！」，「一群老友」的匿名特質才是他最需要的。他發現「一群老友」不只包括他，總編輯也是朋友之一。另外還有一個，也許是最重要的朋友，他那大膽豪邁的字跡出現在每篇緬懷文上，核准維克多的作品。雖然他不曉得那人批准的是內容或文中主角，但那人還加了時間，顯然是刊登日期，而且顯然是在文中主角還在世時就決定好了。死亡根本是**計畫經濟**！

不，那人核准的不是他的文筆或哲思，也不是他對那些名人生命中的巨大轉折所做的貼切描述，而是那些名人。那傢伙在決定那些人還能活多久。而總編輯在這件事裡的地位出奇的小，只是介於信差和查票員之間的角色。當然，他還負責按照時程刊登緬懷文，但就連這件事現在看來也沒什麼，跟維克多的地位（他還不知道自己到底是什麼角色）差不了多少。

維克多忽然想起一件事，完全和剛才的思緒無關，讓他分了心，整個人只覺得毛骨悚然。就在他似乎搞懂這一切是怎麼回事的此刻，維克多又回到了原點，回到最初的難題，其中包含兩個已知和一個未知。他想到的事情是總編輯前往機場那天晚上，車在樓下等，他試著刺探總編輯時，總編輯的回話：**只有當你做的這件事和你這個人都不再有用處了，你才會知道事情的全部**。

維克多那時以爲他和總編輯不會再見了，因此自然認定工作也到此結束，只是他在總編輯保險箱裡發現的謎題依然困擾著他。不過到了隔天，這件事就像被時間帶走了一樣，成了遙遠的過去。他在心裡將那個謎題和新的處境隔出一段時間距離，使得他儘管是當事人之一，卻對謎題不再在意。他心想，與其知道眞相，不如賴活著，更何況事情都過去了。

沒想到事情根本還沒結束。一切還在進行，他還要工作，還要特別留意畫紅線的部分。追究這一切到底是怎麼回事值得嗎？值得拿安穩的生活（雖然有點怪）和平靜的心情冒險嗎？他還是得寫緬懷文，還是得讓自己有用才能活著。

他又想起總編輯臨別前的那番話。

管他的，維克多下了決定。什麼都不要想最簡單。

他從窗台拿起寫完很久的將領緬懷文，翻了翻人名和自己寫的內容。

這些將領的遭遇對他有什麼影響？那個神祕人物又定了這些將領要哪時候離開人間，哪時候刊登訃聞？有訃聞就表示那些有錢人注定要死。

如果工作才能保住小命，那就工作吧。總之他最好跟事實眞相保持距離，別做傻事，例如想銷聲匿跡或躲到其他城市，而是實現妮娜的夢想，在鄉下買一間小房子，他們四人一起搬去那裡過著幸福快樂的日子，他繼續寫緬懷文，寫完寄到基輔，就像某人離開了面目全非的故鄉，在外地寫信回去一樣。

正想到這裡，米沙將頭靠在他的膝上，讓他嚇了一跳。他低頭望著米沙，伸手輕輕撫摸牠。

「你想搬到鄉下嗎？」他問米沙，隨即爲了這件事的不切實際而露出苦笑。

56

彷彿為了證明昨天是休假的最後一天，維克多一早就坐在打字機前，一邊喝著咖啡，一邊努力思考，等著新的緬懷文在腦中成形。桑妮埡坐在桌子另一邊，拿著鉛筆和氈尖筆在畫圖。妮娜出門了。雖然她沒有留字條，但他並不擔心。她不會離開很久的。

信差昨晚送來的新資料夾裡除了幾名衛生部官員的檔案之外，還有一個「休假薪資」袋，至少那張跟著五百元鈔票裝在信封裡的紙條上是這麼寫的。這筆錢讓他的創意活躍了一些，但進展還是慢得離譜。文字拒絕列隊成行，句子零碎分散，只好用叉號全部畫去，重新來過。

「我畫得像嗎？」桑妮埡突然拿起自己的畫作問道。

他定睛細瞧。「妳想畫什麼？」

「米沙呀！」

「我覺得，」他沉吟道。「比較像小雞。」

桑妮埡皺眉望著自己的畫，隨即將它扔在地上。

「別生氣，」維克多哄她。「妳應該從寫生開始。」

「那要怎麼做？」

「坐在米沙面前，一邊看牠一邊畫，就會畫得像了。」

桑妮埡很喜歡這個建議，便拿起鉛筆和氈尖筆，跟維克多要了幾張白紙，然後離開廚房去找米沙。

維克多繼續工作，最後終於把第一份緬懷文寫完了。寫完後，他揉著太陽穴，心想自己顯然生鏽了。

有人敲門。

應該是妮娜，他想。窗台上的鬧鐘顯示將近中午。

一分鐘後，妮娜探頭進來。

「嗨！」她笑得很燦爛。

維克多有些冷淡。

「發現了嗎？」

維克多又看了一眼。同樣的牛仔褲，毛衣也很眼熟，沒什麼變。

他聳聳肩望著她，神情有些困惑，接著又更仔細打量了她一眼。

「怎麼樣？」她追問道，臉上依然掛著笑。

「妳的牙齒！」他驚呼道。

沒錯，她的牙齒潔白整齊，看不到一絲黃斑，笑起來跟潔牙粉廣告上的模特兒沒兩樣。

維克多也笑了。

「終於！」妮娜賞了他臉頰一個響吻。「我等了一個月。四百元，我其實可以不用等的。我只花了八十元……」

桑妮娅拿著一張紙跑進廚房。「妮娜妳看！我畫了米沙！」

她拿給妮娜看，妮娜蹲下來仔細看著桑妮娅的畫，然後拍了拍她的背。

「畫得眞棒！」她說：「我們可以把它裱起來，掛在牆上。」

「眞的嗎？」桑妮娅一臉興奮。

「當然，這樣所有人都看得見。」

維克多也看了一眼。桑妮娅的畫有抓到一點企鵝的神髓。

「好了！」妮娜起身說。「我想我們今天中午都很有資格吃大餐，趕快把廚房收一收吧！」

桑妮娅拿著畫回起居室，維克多跟在後頭。

妮娜已經像這個家的女主人了，他想。但他一點也不生氣，反而覺得高興。

57

春天第一道細雨來了。中庭的雪幾乎都融了，只有樹叢下還留著冰凍的雪堆，宛如冬天的殘兵敗將。再過幾天，草地的新葉就會從溫暖的土壤裡冒出來了。

維克多坐在餐廳桌前，椅子面向窗戶望著中庭，看得忘了手邊的茶和越來越冷的房間。他期待著春天的溫暖。雖然那對他的生活幾乎不會有任何影響，但他望著陽光穿透灰白相間的薄雲時，心裡還是浮現一股模糊但毫無根據的希望，讓他露出了愉悅的微笑。

最新一批緬懷文已經寫好收在桌上的檔案夾裡。他可以打電話給總編，跟他說文章寫好了，但也可以多等一天，暫時不急著接下去工作。

他將思緒從細雨中收了回來，心想下一批緬懷文提到的名人會是誰。太空人？還是潛艇兵？

他已經習慣收到的資料裡提到的人都先按興趣或職業分好了，例如軍人、衛生官員或議員，不再覺得古怪。他剛開始做這份工作時買了一冊筆記本，不過在總編輯叫他不用再自己找人來寫之後就束之高閣了。維克多不再從報紙上尋找大人物，而是完全利用現有的半成品，也就是他拿到的詳盡檔案來寫緬懷文。這麼做雖然簡單，卻也比較可疑。他越做越疑心，直到前陣子他終於百分之百確定這些緬懷文根本就是犯罪計畫。不過，察覺這一點絲毫沒有影響他的生活與工作。儘管他會不時想起，卻發現每天這樣比較輕鬆，因為他知道這樣的生活不可能改變。他現在騎虎難下，只能拖著直到撐不住為止，所以他就撐著。

起居室的電話響了，不久妮娜探頭進來。

「找你的，維克多。」

維克多走過去拿起話筒。

「你是維克多嗎？」一個陌生的男人聲音問道。

「是。」

「是我呀，李歐夏，還記得嗎？在墓園載你一程的那位。」

「喔，嗨！」

「有一件還滿要緊的事情。我再過二十分鐘會到你家外頭，你看到我就下樓來找我。」

妮娜見維克多講完電話依然一臉困惑地拿著話筒，便問：「誰啊？」

「認識的人。」

「桑妮埡和我在學認字，對吧，桑妮埡。」

「對呀！」小女孩拿著書坐在長沙發上說。

維克多聽見有車停在樓下，便穿上夾克下樓去。

「進來吧。」李歐夏說。

車門砰的關上，車裡很冷。

「那企鵝還好嗎？」李歐夏摸摸鬍髭親切地說。

「還好。」

「是這樣的，」李歐夏表情嚴肅起來。「我想邀你和那小傢伙到一個地方……不是很愉快的場合，但有錢拿。」

「什麼地方？」維克多淡淡問道，覺得有點好奇。

「我朋友的老闆死了，葬禮安排在明天，想也知道場子辦得很大。青銅把手的棺材，貴得很。我跟他們提到你的企鵝，他們都有印象……所以就決定邀你們來參加。」

「爲什麼？」維克多一臉驚訝地望著他。

「該怎麼說呢……」李歐夏咬著下唇沉吟道。「他們想要來點特別的……覺得來隻企鵝應該不錯。算是報復。企鵝生下來就穿著西裝，不是嗎？又黑又白的……你可以理解嗎？」

他懂，只不過感覺很像一個愚蠢的玩笑。

「你是認眞的嗎？」他瞪著李歐夏問，對方給他非常嚴肅的表情。

「願意花一千元雇一隻企鵝應該算認眞吧。」李歐夏擠出笑容說。

維克多總算相信對方是認眞的了，但他老實地說：「我不太喜歡這個點子。」

「說實話，這由不得你，」鬍髭男李歐夏說。「你不能拒絕這個提議，死者的朋友可能會不高興……別給自己找麻煩。我明天十點左右來接你。」

維克多下了車，看著車子消失在轉角，朝馬路駛去。

回到住處，他將自己鎖在浴室裡。水嘩啦啦流著，他站在鏡前凝視自己，彷彿在端詳一張相片，並努力要記得相片中的人。

58

隔天，李歐夏開著那輛古董進口車載著他們來到了貝柯夫墓園。維克多和米沙坐在後座，三人一路都沒開口。

到了墓園入口，一名身穿迷彩戰鬥服的年輕男子攔下他們。他彎身湊到駕駛座窗邊，接著點了點頭，揮手放行。

紀念碑和扶手在窗外匆匆閃過，維克多覺得一陣不舒服。

前方的路被一排停著的進口車擋住了。

「我們得走一小段路。」李歐夏轉頭對後座的維克多說。

李歐夏從置物箱裡拿了望遠鏡掛在脖子上，接著便下車。

晴空萬里，陽光普照，鳥兒很不識相地愉快鳴唱。維克多環顧四周。

他們緩緩經過那一排嶄新炫目的進口車，走向等待葬禮開始的人群。

他們一邊走著，維克多問：「你為什麼要帶著望遠鏡？」

李歐夏稍微走在前面，回頭看著維克多。

「你有你的工作，我有我的任務，而我的任務就是提供保護和確保秩序，不讓任何人壞了——」他說到這裡立刻改口：「好維持秩序。」

維克多點點頭。

那群穿著講究、一臉肅穆的男士見到他們便讓出路來。

他們在墓地旁開著的棺木前停了下來。棺木裡躺著一名年約四十的男人，灰色頭髮，金框眼鏡，時髦的西裝上撒滿了花，直到胸口。

維克多緊張地左右張望，發現李歐夏不見了，他和米沙身旁都是陌生人，個個神情肅穆，似乎毫不在意他或企鵝。

神父站在棺首，翻開聖經對著自己的鬍子喃喃自語。他身後站著一名身穿法衣的年輕小伙子，顯然是助理神父。

維克多很想閉上眼睛直到葬禮結束，但空氣彷彿通了電，不時就讓他的臉和雙手感到一陣不舒服的刺痛，惱人又讓人清醒。於是他和企鵝一樣，兩人默默站著。葬禮繼續進行。死者一邊眉毛上黏著一張紙條，上頭是十字架和古教會斯拉夫語經文。神父將聖經翻到下一個標記處，接著又用緊繃的男中音悶悶地引述經文。所有人都低下頭，除了米沙的姿勢和之前一樣，歪頭望著墓穴。

維克多低頭瞅了牠一眼。

他們是葬禮的一部分，他和米沙。

兩名西裝光潔筆挺的掘墓工人用繩索將棺木緩緩垂下，在場的哀悼者全都活了過來，泥土沙沙撒在棺木上有如鼓聲。

這時，在場者似乎才注意到維克多和米沙，不時飄來好奇的目光，也許還帶著幾分哀傷。

「家屬想邀你一起守靈，」李歐夏走過來說。「只有你，企鵝沒有。今天傍晚六點，莫斯科飯店餐廳。然後有人要我拿這個給你。」

他遞了一個信封給他，維克多機械式地收進口袋，什麼也沒說。

「你先回車上，我一會兒就過去。」李歐夏又補了一句，說完就一溜煙走了。

維克多環顧四周，發現有一個小老頭正在拍攝葬禮。

維克多走到米沙面前蹲下來說：「嘿，我們回家好不好？」但米沙眼神漠然，讓他有點難過。

三人開車回家，依然一路沉默。

分別前，李歐夏在車裡喊：「記得要來守靈喔！」

維克多點點頭，車就開走了。

「去他的守靈！」他懷裡抱著米沙，心裡這麼想。

59

那天傍晚桑妮埡上床後，維克多和妮娜坐在廚房裡喝酒聊天。他跟她說了企鵝參加葬禮的經過。

「那又怎麼樣？」妮娜不以爲意地說。「有一千元可拿，有什麼好擔心的？」

維克多沉默了好一會兒，之後才說：「我不是……那筆錢不是小數目……只是感覺很怪……」

「那你也許可以加我薪水，反正米沙也開始賺錢了，」妮娜笑著說，不過語氣很正經，但隨即柔聲道：「反正我拿到錢也是花在你們身上。我幫桑妮埡買了一雙小靴子……」

「拜託，別再說那是薪水了，」他嘆了口氣說。「我每天早上會給妳一點錢，用完就跟我說。」

他看著她搖了搖頭。

「怎麼了？」

「沒什麼，只是妳有時眞是個鄉下女孩。」

「我是在鄉下出生的呀。」妮娜一口承認，隨即又笑了。

「好吧，我們去睡吧。」他從桌前起身說。

隔天早上，他被妮娜搖醒。

「什麼事？」他睡眼惺忪地問，完全不想起床。

「廚房裡有一個袋子，」她顯然很擔心。「你快來看。」

維克多下床套了睡衣，搖搖晃晃走到了廚房。

桌上果然有一個袋子。又來了，他疲憊地想。

他走到門邊檢查。門鎖得好好的。

維克多回到廚房，小心翼翼隔著袋子摸了摸，感覺裡頭好像是瓶子，於是膽子便大了起來，將袋子打開。

五分鐘後，他看完袋子裡的東西，大聲喊了妮娜。

妮娜一走進廚房便愣住了，不可置信地望著桌上的東西：一盤魚凍、用保鮮膜包著的餐廳肉類拼盤、新鮮番茄、一塊肉和一瓶思美洛伏特加。

「這些是哪裡來的東西？」

維克多做了個鬼臉，指著盤緣那幾個代表「烏克蘭餐廳」的藍色縮寫字母。

「那裡有一張字條。」妮娜指著瓶子說。

酒瓶的瓶頸上用膠帶貼著一張摺著的字條。維克多拿下來讀了，上頭寫著：

別再這麼做了，兄弟。死者為大！這些東西是親戚送的。敬我們對亞歷山大・沙伏洛諾夫的回憶吧。

後會有期！

李歐夏

「誰的字條？」

維克多將字條遞給她。妮娜讀完，抬頭看著他，還是摸不著頭緒。

「你做了什麼？」

「我沒去守靈。」

「你應該去的。」她默默說道。

維克多恨恨看了她一眼，接著便走進起居室，從羊皮夾克裡摸出李歐夏的名片，抓起話筒撥了他的號碼。

鈴聲響了很久都沒有回應。

後來電話終於被人接了起來，一個帶著睡意的低沉聲音說：「喂？」

「李歐夏嗎?」維克多冷冷地說。

李歐夏顯然還在宿醉,口齒不清說了什麼。

「我是維克多。聽著,你搞什麼特技,把袋子——」

「特技?你眞的是維克多?企鵝還好嗎?」

「聽著,那個袋子爲什麼會跑到我家廚房?」維克多氣沖沖地問。

「為什麼?因爲親戚交代的……有什麼問題嗎?」

「問題在於它是怎麼開門進來的!」維克多幾乎是用吼的了。

「輕鬆點,我聽見了。但我現在頭很痛……你問是怎麼開門進去的?你都幾歲的人了?讓我們爲了沙伏洛諾夫乾一杯吧。我嘛,我也得清醒清醒,不過還是想再多睡一點。你幹嘛把我吵起來?」

他說完就掛斷了。

維克多搖搖頭,爲自己的無能與無奈懊惱不已。

「維克多!」妮娜在廚房喊他。

「來了。」

餐點已經擺好了,外加兩個盤子和兩個伏特加杯。

「何必浪費好東西呢?不如趁新鮮吃了……坐吧,桑妮埡!」她朝走廊喊。「來吃吧。

我們一定要敬這位先生，不敬他說不過去。」說完她轉頭望著依然站在桌邊的維克多。維克多順著她的目光看去，伸手旋開了思美洛伏特加。

「妳看我畫了什麼！」桑妮娅拿著一張紙走進廚房，遞到妮娜面前。妮娜接過那張紙，將它放在冰箱上。

「我們先吃東西，然後才看妳的畫。」她用女校長的口氣說。

60

一天過去，信差送來了新的檔案，維克多再次坐在打字機前。春光明媚，雖然室外依舊嚴寒，但金黃的光線不僅灑滿了餐桌，連空氣也溫暖了起來。工作和久違的溫暖紓解了近來的重擔。儘管已經發生的依然存在，但用文思哲理妝點畫了紅線的事實還是給了他一個出口，讓他暫時擺脫了苦惱，遺忘讓他意識到自己無能爲力的一切。

喝咖啡休息時，維克多忽然想起不久前曾爲一位沙伏洛諾夫寫過緬懷文。那人究竟是何來歷，又有什麼豐功偉業，他已經忘得一乾二淨，但他敢說這人就是他和米沙幾天前才去送葬的那個沙伏洛諾夫。當然，他不能完全肯定。但那場葬禮顯然配得上一篇訃聞，表示他的揣測應該是對的。

他想到自己寫了訃聞之後又去參加了葬禮，好像督察去檢查是不是眞的有舉行葬禮一樣，臉上竟然浮現了微笑。

妮娜帶桑妮娅去德尼波散步了，因此不會有人打擾他工作，而且這天他工作得很順。寫完後他重讀一遍，覺得很滿意，隨即開始編造其他人的死訊。

完成四份緬懷文後，維克多瞇眼望著窗外的太陽，起身走到火爐邊將茶壺放在爐子上，開始在屋裡走動。米沙站在陽台門前，彷彿期盼外頭一片冰天雪地，維克多走到牠身旁蹲了下來。

「我們都好嗎？」他說完好好端詳了企鵝一番，接著替牠回答：「我們很好，非常好。」說完便直起身子。

他發現牆上多了兩幅裱框畫，便走過去瞧瞧。其中一幅是米沙的畫像，看起來很眼熟，另一幅則畫了三個人和一隻很小的企鵝，並且歪歪斜斜寫著：**維克多叔叔、我、妮娜和米沙**。不過，叔叔被改成了爸爸，妮娜被改成了媽媽，顯然出於妮娜之手。妮娜的字很工整，很像女校長，底下的簽名也好像老師在批改作業，只差沒有分數而已。應該是八分吧，因為錯了兩個地方。

那幅畫讓他脊背一涼。他不喜歡妮娜的訂正，感覺很像一種強暴，對原本的字和對現狀都是。而且那幅畫掛得很高，桑妮亞必須站在椅子上才看得見，表示那些字是妮娜為了自己和為了他而改的。

妮娜似乎也在假裝他們是一家人，或許和他一樣幻想他們是一體的。只是這個幻想每天都被桑妮亞在不經意間輕輕敲碎，因為她要嘛不認得爸爸和媽媽這兩個詞，要嘛就是根本不會用在他們身上。

桑妮娅比他們都貼近現實。她太年輕，還不會自己編造一個複雜的世界，又太直接，還不懂得質疑兩個大人的想法與感覺。

她難道不想自己生一個小孩嗎？維克多的思緒又飄回妮娜身上，心裡不安地想著。一個一輩子都會喊她媽媽的孩子。做起來並不難……

可是，維克多轉念又想，他想要為人父親了嗎？他原則上不反對。他有錢、有工作，什麼都不缺，連年輕漂亮又有母性的女孩子都有了。這當中沒有愛情。愛不是重點，反正日久生情。也許只要搬到鄉下，住進空間寬敞、設備齊全的雙層房子裡，有辦法讓房子亮得像根蠟燭就行了。

維克多想甩掉這個蠢念頭似的，搖了搖頭。

61

三月帶來了溫暖。太陽有如勤勉的照護者，每天一早便爬上天空，綻放最強烈的光芒。維克多正在處理最新一批檔案。他不時稍事休息，沖咖啡拿到陽台品嘗。米沙偶爾會跟著他，似乎也很愛享受陽光。

他會在陽台待五分鐘，然後回到廚房繼續對著打字機敲敲打打。

他的晴朗心情跟緬懷文的詩意哀愁一點也不衝突，就連他最近又去了一場攜帶企鵝參加的葬禮，爲素昧平生的死者守靈，也沒壞了他的心情。不過怪歸怪，那場葬禮倒是沒那麼糟。兩百多名哀悼者沒有人特別注意維克多，除了（還會有誰？）坐在他身旁的李歐夏。但李歐夏很快就喝醉了，將盤子推開，一頭倒在桌布上呼呼大睡——應該說餐巾比較合適。

沒有人發言。衣著講究的賓客圍坐在兩張長桌前，交換制式的哀傷神情，端起伏特加彼此敬酒。這種沉默的互動，維克多學起來一點也不困難。他舉起酒杯微微低頭，用眞誠悲傷的神情望著對座的賓客。他的難過不是裝的，但跟死者完全無關，純粹是這種場合的氣氛使然，尤其在座的幾乎都是男性，更讓氣氛顯得凝重。維克多環顧左右，確實見到幾位女士，但頂多三、四位，都是年長女性，而且哭得呼天搶地，現場氣氛哀戚都是因爲她們。

後來，維克多被安排上了其中一輛等在餐廳外的車子，跟另外三人同車。那三個人沒有自我介紹，只問維克多住在哪裡和吩咐司機往哪裡開，感覺就像超級夜間快遞服務。維克多大約一點回到家，米沙在走廊等他。

「你怎麼還沒睡？」他醉得暈陶陶地問。「快去睡吧，不然明天又有人找我們去墓園怎麼辦？」

維克多一邊敲著打字機，一邊享受風和日麗的日子已經過了一週。生活感覺輕鬆自在，只是偶有痛苦，對自己陷入如此醜惡的勾當感到顧慮。但在醜惡的世界談什麼醜惡？世上只有一小撮未知的邪惡普遍存在，但跟他和他所在的小天地無關。而他對於自己在這樁醜惡勾當中的角色並不清楚，顯然確保了他的天地安然無恙，能繼續天下太平。

維克多再次望著窗外，讓陽光照在他的臉上。

也許他眞的應該買一棟鄉間別墅，夏天時坐在花園的桌子旁，在新鮮的空氣中寫作。還有桑妮婭，她會很喜歡種東西，在花圃和菜園裡打發時間，妮娜心滿意足地……

他想起新年待的那間別墅，想起塞爾蓋和他們倆坐在爐火前的景象。感覺已經好久了！眞的好久，雖然根本沒隔多遠。

62

週日依然陽光普照，雖然清晨天空還帶著薄薄的雲翳，但到了十一點已經完全散去，只剩一片春日的湛藍。

早餐後，維克多、妮娜和桑妮埡一起去克雷希夏提克街散步。他們讓米沙待在陽台，給了牠一碗午餐，並將門半開著，讓牠隨時都能回到屋裡。

維克多先帶妮娜和桑妮埡到帕薩奇咖啡館，坐在露台上的位子。他幫她們點了冰淇淋，自己則點了一杯咖啡。

桑妮埡選了向陽的位子，這會兒正瞇起眼睛用手遮住太陽，跟陽光玩起躲貓貓的遊戲。妮娜笑著望著她。

維克多喝著咖啡，瞥見附近有一間報攤，便跟她們說他馬上回來，隨即離開了座位。

他買了一份首都報回來，匆匆瞄了各版頭條一眼，沒看見任何恐嚇或緬懷文，便欣然翻回頭版，同時又喝了一口咖啡。

沒想到如此和煦的春日，新聞竟然如此平靜，沒有槍殺也沒有醜聞，似乎想讓讀者覺得人生美好似的，連頭條都訴說著喜悅與希望，眞是不可思議。

新超市開幕
和俄國協商取得進展
赴義大利免簽

「妳想去義大利嗎？」他開玩笑地問。

桑妮婭舔著塑膠小湯匙搖搖頭。

「不想，我想去盪鞦韆。」她說。

妮娜用餐巾抹去桑妮婭嘴角的冰淇淋。

他們走過第聶伯河上游的公園來到一處遊樂區，讓桑妮婭坐上鞦韆，把她盪得高高的，桑妮婭興奮笑著。

「好了！好了！」幾分鐘後，桑妮婭大叫。

他們再次穿越公園。桑妮婭牽著妮娜和維克多的手，走在兩人中間。

「妮娜，我在想，」走著走著，維克多說。「我們可以買一棟鄉間別墅。」

妮娜露出微笑開始沉思。

過了一會兒，她說：「我覺得不錯。」顯然已經在心裡想像過她理想中的鄉間別墅了。

午餐時間，他們回到家裡吃飯。

飯後桑妮埡到陽台去陪米沙，妮娜和維克多在起居室看電視。

電視上正在播烏克蘭版的旅遊生活節目。一名身穿鮮黃色泳衣的金髮美女站在輪船甲板上介紹異國島嶼，隨即出現在其中一個島上的海灘，跟古銅色肌膚的當地人微笑談天，畫面下方不時有跑馬字幕掃過，寫著旅行社的電話號碼。

「你為什麼問桑妮埡想不想去義大利？」妮娜突然好奇了起來。

「因為他們開放免簽了。」

「我們可以去嗎？」她滿懷期望地問。

金髮美女又出現了，這回穿得比較溫暖，變成了針織緊身裙和深藍色外套。

她說，過去一年來，烏克蘭在南極設立了一個科學工作站。我們之前在節目中曾經公開向觀眾募款，希望能籌措物資空運給這些科學家。這項活動雖然獲得許多觀眾迴響，但還沒達到所需的金額。我在此呼籲企業主和投資者，我們的科學家能不能繼續在南極進行研究就看各位了。請立刻拿起紙筆記下贊助捐款帳號和電話號碼，您可以來電查詢捐款將會如何使用。

維克多立刻衝進廚房拿了筆和一張紙回來，正好趕上帳號和電話的畫面。他將號碼抄了下來。

「你想做什麼？」妮娜詫異地問。

維克多聳聳肩，有點猶豫地說：「我想或許捐個二十元給他們，算是紀念皮德佩利。我跟妳提過他，妳還記得吧？我還有工作站的剪報呢。」

妮娜不以為然地看了他一眼。

「真是糟蹋，」她說。「跟送錢給小偷沒兩樣。還記得他們募款說要給車諾比受難孩童蓋醫院的事嗎？」

維克多沒有回答，將紙摺好收進口袋。

他想怎麼花錢關她什麼事？

63

三月快結束時，雨季來了。

陽光消失，維克多的心情也隨之下沉。雖然還是不停敲著打字機，但進展慢得令人痛苦，幾乎生不出靈感。不過，緬懷文水準依舊，寫完之後他重看一遍，成果還是相當令人滿意。他的表現再也不受心情起伏影響。

妮娜和桑妮埡好幾天都待在家裡。

偶爾妮娜出門採買，桑妮埡就會到廚房來吵他，顯然跟米沙玩膩了。維克多會耐著性子回答她的問題，直到聽見妮娜回來才鬆了一口氣，讓桑妮埡到妮娜身邊，他回頭繼續工作。

李歐夏來電通知他明天又有葬禮，讓他心情跌到了谷底。他花了十分鐘說天氣太濕太冷，說他心情不好，而且擔心米沙會著涼。李歐夏靜靜聽完，告訴他說他去不去無所謂，企鵝才是重點。「你就待在家裡，」李歐夏最後說：「我帶米沙去，之後再帶牠回來。我在墓園會撐傘保護牠，讓牠不會著涼。」

這個提議解決了問題，也算勝利了一半。維克多欣然決定錯過這次的葬禮。雖然他爲米沙感到難過，卻也無能爲力。要是突然不讓米沙去參加葬禮，會有什麼後果實在太明顯了。

維克多拒絕得太正確了。李歐夏不再找他參加葬禮。兩人同意之後都由李歐夏負責帶米沙出門，再帶牠回家。意外的是，這項新安排完全沒有影響他收到的酬金，依然是每次一千元，只不過現在更輕鬆了，完全不用站在墓地旁或被迫參加守靈儀式。米沙現在自己能賺錢了，感覺就像企鵝租用服務一樣。

想到米沙出席一次就能拿這麼多錢，他的薪水卻只有區區三百元，維克多心裡當然不是滋味。雖然都不是小數目，但還是差了一截。不過，現實就是如此，他也只能接受。無論如何，他對米沙的感情都不會變。

他心想是不是該叫總編輯替他加薪，但馬上覺得不必白費力氣。畢竟他現在的工作輕鬆得很，沒有人盯著他或逼他快點寫出緬懷文，完全由他決定。每完成一批檔案，他就打電話給總編輯，將稿子交給信差，拿回新的檔案。他賺的錢夠多了，沒理由抱怨什麼。

沒錯，一切都照著該走的方向走，老天也這麼安排著。等雨季過去，他就可以開始物色鄉間別墅了！

維克多想像小屋周圍種滿花草，一張吊床掛在兩棵大樹之間，而他正生火準備烤肉，心情立刻好了起來。

一切都會沒事的，他心裡傳來一個信心滿滿的聲音。晴空萬里，世界和平。

維克多如此相信。

然而，雨天和緬懷文遲遲不見停歇，米沙參加葬禮的次數也越來越頻繁，就算下雨也一樣，彷彿那些親朋好友覺得葬禮不能沒有企鵝參加的死者突然增加了似的。

某次米沙又去參加葬禮，隔天維克多正在翻閱剛拿到的檔案，桑妮婭突然神情緊張地衝了進來。

「維克多叔叔，米沙在打噴嚏！」

維克多走進臥房，看見米沙側躺在駝毛毯上，不停喘息和顫抖。這是他頭一回見到米沙躺在地上。

維克多嚇得僵在原地，不知所措。

「妮娜！」他大喊。

「妮娜去塞爾蓋叔叔的媽媽家了。」桑妮婭說。

「撐著點，米沙，撐著，」他溫柔撫摸米沙，語氣充滿了感情。「我們會想出辦法的。」

他走進起居室翻開電話簿，不是太抱希望地翻到獸醫那一頁，沒想到上頭竟然列了十幾名獸醫。然而，他們誰有治療企鵝的經驗？應該都是狗和貓吧。

儘管心懷疑慮，他還是撥了第一位獸醫的號碼。

「請找尼可拉．伊凡諾維奇。」他告訴接電話的女子，說話前還先確認了自己有沒有把名字唸對。

「請稍等。」

話才說完，一名男子的聲音就出現了。「你好。」

「不好意思，我遇到了一件麻煩事，我家企鵝生病了。」

「企鵝？」對方反問道，維克多立刻明白自己找錯人了。「我不會治療企鵝，但可以告訴你應該找誰。」

「是嗎？」維克多如釋重負。「我去拿筆。」

他將號碼（那人叫大衛．亞諾維奇）抄在電話簿上，接著話筒沒放就立刻撥了電話過去。大衛．亞諾維奇聽完之後說：「嗯，養什麼動物就得花什麼治療費，這你應該曉得吧？」

維克多走回房間坐在米沙身旁，桑妮娅問：「獸醫會來嗎？」

「嗯。」

「跟怪醫杜立德一樣的醫生嗎？」她難過地問。

維克多點點頭。

半小時後，大衛．亞諾維奇來了。他身材短小，近乎全禿，有著冰冷的微笑和親切的眼神。

「患者在哪裡？」他走進屋裡，一邊脫鞋一邊問道。

「在裡面，」維克多指著門說。「需要拖鞋嗎？」

「不用了，謝謝。」大衛．亞諾維奇匆匆將雨衣掛在鉤子上，一手拎著公事包朝門走去，淋濕的襪子在塑膠地板留下了足印。

「讓我瞧瞧。」他蹲在米沙身旁說。

他先觸診米沙，看了看牠的眼睛，接著拿出聽診器，跟普通醫師一樣聽診米沙的前胸及後背。之後他將聽診器收回公事包裡，抬頭若有所思地望著維克多。

「怎麼樣？」

大衛．亞諾維奇搔搔頸子嘆了口氣說：「很難講，但顯然情況不妙。我想得看你肯花多少錢了。我不是指我的看診費，因爲我能做的不多。這傢伙得送診所才行。」

「大概要多少錢呢？」維克多謹慎地問。

大衛．亞諾維奇做了一個絕望的手勢說：「想也知道絕對不便宜。假如你問我的話，我會建議送去提歐凡尼亞診所。那裡一天要五十元，但醫師保證會全力以赴。診所附近有一間科學醫院，他們會向醫院租用電腦斷層裝置，更能做出正確的診斷。那家醫院還有幾位醫師在診所兼差，賺點小錢。」

「普通醫師嗎？」維克多詫異地問。

大衛．亞諾維奇聳聳肩答道：「有何不可？難道你以爲動物的五臟六腑跟我們不一樣？牠們只有會生的病跟我們不同。你如果同意，我現在就從這裡打電話給提歐凡尼亞診所，要他們派車過來。」

「麻煩你了。」

大衛．亞諾維奇只收了二十元的診療費就告辭離開了。一小時後，來了另一名獸醫，他又檢查了米沙，將牠全身上下都聽診和觸診了一遍。

「好，」那名獸醫說：「我們會收牠。別擔心，我們不是詐騙集團。診療三天就會知道了。只要有救，我們一定會救牠。要是不行……」他聳聳肩。「我們就會送牠回來，不會浪費你的錢。拿著，」他遞了一張名片給維克多。「不是我的名片，是伊利亞．賽米歐諾維奇醫師的。他會負責治療你的寵物。」

那名獸醫說完就留下名片帶著米沙離開了。

桑妮埡哭了。大雨下個不停，沒寫完的緬懷文還插在打字機上，但維克多完全提不起興致。他站在臥房窗邊，雙腿抵著暖氣，眼眶泛淚，彷彿是桑妮埡引起的連鎖反應。他淚眼迷濛，望著雨水拚了命想抓住窗戶。強風讓雨滴顫抖，然後將它們吹走，換來一批新的雨水，繼續這場無意義的戰鬥。

64

那天晚上，維克多一夜難眠。他聽見桑妮埡在起居室裡啜泣，鬧鐘的螢光指針顯示將近兩點，只有妮娜睡了，沉沉呼吸著。

她從塞爾蓋的母親那裡回來得知這個消息，心裡當然也很難過。但她試著安撫桑妮埡沒有效果，把自己累壞了，因此腦袋一碰到枕頭就睡著了。

妮娜竟然睡得這麼安穩，讓維克多有些莫名的惱怒。他突然覺得妮娜陌生無比，毫不在意他和桑妮埡。反倒是桑妮埡跟他更親近，兩人是同一國的，都很擔心米沙。

他望著背對著他的妮娜，突然明白讓他惱怒的不是妮娜睡得安穩，而是自己的焦躁無眠。

他小心不吵醒妮娜，起身穿上睡袍走進起居室，彎身查看桑妮埡。

桑妮埡睡著了。但睡得很不安穩，依然哽咽著。

他在沙發旁佇立了一、兩分鐘，接著走進廚房將門關上，沒有開燈就走到餐桌前坐了下來。

漆黑與寂靜放大了窗台上老鬧鐘的規律滴答，聲音大得嚇人。維克多一臉困惑地望著暗處，注視滴答聲的來源。他將鬧鐘舉到眼前，想要切掉聲音。這個簡單可靠的機器能顯示正確時間，但他毫無興趣，他只想要完全的寂靜。但滴答聲更大了。維克多突然明白一個很蠢的道理：只有時間才能停止鬧鐘。於是他將鬧鐘拿到走廊放在大門邊，然後走回廚房。

他豎耳傾聽，只聽見遠遠傳來的滴答聲，便安下心來。

對街樓房一扇亮著燈的窗戶裡有一名女人。

那女子坐在桌前讀書，雖然看不見臉，但維克多心裡突然對她湧起一份溫暖與同情，彷彿遇見患難的夥伴。

他看著女子端坐不動，雙手托著下巴，偶爾垂下右手翻頁。

外頭突然亮了一些。淺黃色的半月現出蹤影，但才朝維克多露了一下臉，就又鑽進了看不見的雲裡頭。

他目光回到亮燈的窗戶。那女子走到爐邊點了火，放上水壺，接著又回到桌前繼續讀書。

雨停了眞好，維克多心想，腦中浮現雨滴在窗玻璃上顫抖的景象。

他轉頭看了關上的房門，想起米沙習慣將門推開站在門口，然後走到桌前的他身旁，磨蹭他的膝蓋。眞希望門開了，米沙就出現在門口！

維克多在廚房坐了半小時左右才溜回臥房。他鑽進被毯，耳邊依然飄著桑妮娅的啜泣聲，就這樣沉沉睡去。

隔天早上，妮娜將他叫醒。

「昨晚又有人來過了。」她說，顯然憂心忡忡。

「是不是又拿了什麼東西來？」他睡眼惺忪地問。

妮娜搖搖頭。「沒有，但他們在門口留了一個鬧鐘。」

「鬧鐘是我放的。」他呢喃道，試著讓妮娜安心。

「為什麼？」她吃驚地問。

「因為它一直滴答響。」他說完又閉上了眼睛，完全不理會妮娜困惑和狐疑的神情。

他大約十一點醒來。屋裡很安靜，窗外陽光普照。

他走進廚房，看見桌上放了早餐和一張字條。

我們去散步，一會兒就回來。妮娜

洗好碗盤後，他拿起獸醫留下的名片，撥了電話到診所。

「請找伊利亞．賽米歐諾維奇。」

「我就是。」一個溫和的聲音說。

「我是那隻企鵝……米沙的主人。」

「你好，」只聞其聲不見其人的伊利亞．賽米歐諾維奇說。「嗯，怎麼說呢，初步看來是流感，加上嚴重的併發症。我們今晚會做斷層掃描，到時應該會更確定。」

「牠目前如何？」

「看來沒什麼好轉。」

「我能去看牠嗎？」

「恐怕不行。請你稍安勿躁，每天打電話來，我會跟你報告進展。」伊利亞．賽米歐諾維奇保證道。

維克多回到廚房吃了兩枚水煮蛋，喝了茶，從桌下拿出打字機。一篇未完成的緬懷文還插在打字機上，主角是一位名叫龐達倫科的人，百老匯私人禮儀公司老闆。其間的諷刺讓維克多忍俊不禁。他可以想像這人的葬禮有多專業，所有前同事一字排開，神情肅穆站在光彩奪目的鍍金把手棺木旁。

他在哪裡畫了線？維克多左思右想，完全記不得龐達倫科的檔案裡寫了什麼。

他找出那三頁檔案，讀了一下。

一九九五年，維亞契斯拉夫・龐達倫科將一批殘缺不全的無名屍埋在貝洛葛羅多克村的公墓裡。有證據顯示死者包括反組織犯罪部的葛洛伐科上尉和烏克蘭安全局的普羅契科少校。據信龐達倫科還涉及基輔地區數起類似的埋屍事件，時間爲一九九二至一九九四年。

字裡行間讀不出什麼諷刺，維克多起身沖了咖啡，推門到陽台去。

爲了暫時忘記葬禮，他仔細打量對街樓房，想找出昨晚亮燈的那扇窗。但日正當中，每一扇窗看來都一樣。

65

隔天早上，他起床後又打了電話給提歐凡尼亞診所，但伊利亞・賽米歐諾維奇不在。桑妮埡在他身旁，維克多無言以對。

「我半小時後再打一次。」他向桑妮埡保證。

桑妮埡一言不發地走到陽台門邊。

「晚上要不要去看馬戲團？」妮娜彎身對桑妮埡說。

桑妮埡搖搖頭。

維克多正想到廚房開始工作，電話響了，桑妮埡和妮娜立刻豎起耳朵。維克多拿起話筒，希望是獸醫診所打來的，結果是總編輯，而且顯然很不高興。

「我要的不是哲學名著，」他近乎咆哮地大聲說道。「只要把文章寫好，而且快一點，我可不想再等一週才拿到五、六篇稿子。」

維克多一邊聽著，一邊喪氣地點頭。

「你有在聽嗎？」總編輯追問道，但語氣平緩了一些，彷彿剛才的大爆發讓他累了。

「有。」說完維克多便掛上電話。他已經習慣總編輯這種公事公辦、從來不打招呼也不道別的對話方式了。

「是誰打來的？」妮娜在陽台門邊問。

「公事。」他嘆息一聲，重新拿起話筒。

維克多撥了獸醫診所的號碼。

這回伊利亞．賽米歐諾維奇在診所了。「我們最好見個面。」他說。

維克多察覺對方語氣裡透露了一絲絕望。「要我去診所嗎？」

「不用，我們市區見就好。**基輔舊城區**的克雷希夏提克街，十一點見。」

「我要怎麼認得你？」維克多問。

「我想那裡人不會太多。不過，我個子瘦瘦小小的，留著鬍髭，會穿灰色雨衣和粗呢帽……」

「他們怎麼說？」桑妮埡急著問道。

「米沙好一些了，」維克多撒了謊。「我現在去見獸醫了解實際狀況。」

他心中充滿了不祥的預感，不然為何要約在克雷希夏提克街的咖啡館？如果是好消息，對方一定會打電話來。也許獸醫想談錢的事，畢竟維克多到現在還沒付半毛錢，而光是米沙的住院費每天就要五十元。
他們到咖啡館應該是談醫療費，想到這點就讓他安心了一些。
陽光普照，兩個小女孩在咖啡館門口跳橡皮筋，他讓得遠遠的。
到了地下室的咖啡館，伊利亞．賽米歐諾維奇已經等在那裡。他站在一張高腳桌旁，桌上擺著一杯咖啡。四下無人，連櫃檯和咖啡機旁都不見人影。
伊利亞．賽米歐維奇和他打了招呼，接著走到櫃檯大聲拍了一下檯面。
「再來一杯咖啡。」他朝不知從哪裡冒出來的女子說，接著便回到桌前。
「米沙怎麼樣？」維克多問。
「牠似乎有先天性心臟病，」獸醫說。「用激烈的方法治療流感可能讓牠喪命……但就算沒得流感，牠也幾乎回天乏術了，除非……」說到這裡，獸醫一臉期盼地望著維克多。
「是錢的問題嗎？」
「沒錯。但除了錢還有原則問題，就這麼簡單，所以必須由你決定，因為我不曉得那隻企鵝對你到底多重要。」
「咖啡好了！」櫃檯前的女子在維克多背後大喊。
維克多去拿咖啡，那女子已經不見蹤影了。
「直接告訴我金額就好。」維克多回到高腳桌前說。

「好吧，我盡量長話短說，」獸醫深呼吸一口氣，接著說：「米沙必須動心臟手術，精確來說是心臟移植，這是牠唯一的機會。」

「問題是怎麼做？」維克多絕望地看著獸醫。「你們要從哪裡弄來另一顆企鵝心臟？」

「這，」伊利亞．賽米歐諾維奇說：「這就是我剛才說的原則問題了。我問了科學醫院的心臟學教授……我們認爲可以用三、四歲小孩的心臟來代替。」

維克多咖啡喝到一半差點沒嗆著。他放下杯子，杯裡的咖啡灑了出來。

「手術成功的話，牠至少還能再活幾年，否則……」獸醫不置可否。「不過，回到你剛才的問題。實際手術的費用是一萬五千元，不算太高，至於移植用的心臟……你可以自己試試門路，不然我們也可以幫忙。我其實不能告訴你一個價錢，因爲目前器官移植都是靠捐贈的。」

「我自己試試門路？你這話是什麼意思？」維克多愕然問道。

「我是說基輔有幾家兒童醫院，每家都有小孩在用維生系統。」伊利亞．賽米歐諾維奇平靜地說。「你可以去找醫師，但別跟他們說你需要心臟給企鵝用，只跟他們說有三、四歲小孩需要心臟移植。只要肯出好價錢，他們一定會給你消息的。」

維克多搖頭說：「不行。」

「爲什麼不行？」伊利亞．賽米歐諾維奇問。「好吧，你需要靜下來想一想，反正你有我的號碼。但別拖太久，住院費可是每天往上跳。我等你電話。」

伊利亞．賽米歐諾維奇走了，留下維克多獨自待在咖啡館。

維克多不想喝冷掉的咖啡，於是也走了。他沿著克雷希夏提克街朝中央郵局的方向緩緩前行。

陽光和煦，但他毫無感覺。行人來來往往，他彷彿都沒看見。地下道有年輕人撞了他一下，他頭也沒回，自己還撞到一名向他乞討的吉普賽婦人。

他的生活出了差錯，維克多望著地上心想，不然就是生活變了樣，不再如表面看來那麼簡單、可以理解。生活背後的機制似乎崩壞了，他不再知道如何面對過去熟悉的事物，從烏克蘭麵包到公共電話都是如此。在每個表面之下，每棵樹木和每個人的內在，都藏著某個陌生的東西。一切看似真實的表象只是童年的遺物。

剛過前列寧博物館不久，維克多停下腳步，動作古怪地左右張望，彷彿想看清之前沒注意的街頭景象。他站在公園台階旁端詳兩國邦誼紀念碑的鋼鐵拱門、音樂廳的遺跡和一個法國洗髮精的廣告看板，上頭寫著：**讓您擁有人人羨慕的秀髮！**

一輛擠滿人的六十二路公車停在看板下方，只放了幾名乘客下車就沿著弗拉迪米爾高地揚長而去，留下一批憤怒的等車民眾。

他看著公車離開，接著也跟著下坡往珀多爾走。他經過纜車站和內河碼頭來到下坡路的盡頭，彼得．薩給達契尼街口。

他在酒神酒吧外頭佇立片刻，隨即推門進去。

他點了一杯紅酒，找了張桌子坐下。他啜飲紅酒，嘆了口氣。爲什麼非要小孩的心臟？爲什麼不能用狗或羊的？

鄰桌一群年輕人在啤酒裡倒了伏特加。

維克多又喝了幾口紅酒，品嘗那乾澀的口感。酒酣耳熱，焦慮的思緒緩緩平靜下來。

老實說，比起狗或羊，企鵝的確跟人更接近。兩者都是直立兩足動物，而不是四隻腳走路……不過跟人不同，企鵝似乎沒有用四隻腳走路的祖先。

維克多想起皮德佩利的手稿。那是他唯一讀過有關企鵝的文章。他想起公企鵝才是照顧小企鵝的一方，是全年無休的忠實伴侶。企鵝擅長用太陽定位，天生有團體感。他想起皮德佩利的房子，想起那煙味……他的思緒又回到米沙。

喝完紅酒，維克多又點了一杯。鄰桌那群年輕人搖搖晃晃地走了，留下他獨自坐著。他看了一眼時鐘。十二點三十分。陽光透進酒吧，在桌上映出他酒杯的輪廓和麵包屑的細小影子。

有了酒精壯膽，維克多決定米沙該動手術。就讓他們做吧，錢應該夠。他可以從衣櫥上層的袋子裡拿一些錢，管他那筆錢是桑妮埡的。

回到公寓，維克多沒吃午餐倒頭就睡。妮娜和桑妮埡不在家。

四點左右，維克多昏昏沉沉醒來。他沖了咖啡，在餐桌旁坐了下來。咖啡的溫暖讓他精神恢復了一些，昏沉也隨之淡去。他又想起米沙，不過之前酒精給他的確定感已經消失了。他從桌子底下拿出打字機，希望讓自己沉浸在工作裡。他想起總編輯的那通電話。總編輯說得對，他必須重新振作。於是他在打字機前坐定，對著一張殷殷期盼的白紙屏氣凝神。

他拿起檔案翻閱資料，發現只剩一份還沒處理，便開始閱讀。

過了不久，妮娜和桑妮埡回來了。

「我們去塞爾蓋的母親家了，」妮娜一邊幫桑妮埡脫外套一邊說。「她很擔心塞爾蓋，他已經兩週沒打電話回家了……」

「米沙怎麼樣？」桑妮埡穿著襪子走進廚房問。

「去穿拖鞋，」維克多不假辭色地說。桑妮埡乖乖回走廊穿拖鞋，維克多在她背後高聲說：「獸醫答應會治好米沙，但牠得待在醫院裡。」

「我們可以去看牠嗎？」

「不行，」維克多說。「他們不讓別人進去。」

66

過了一天，維克多還是沒有打電話給提歐凡尼亞診所。他已經寫完了最後一份緬懷文，正在等總編輯派來的信差。

妮娜和桑妮娅出去散步了。趁著她們不在，他算了算桑妮娅的錢，總共四萬元出頭。他將鈔票用橡皮筋重新捆好，放回原處，接著算了算自己的存款，還有米沙賺的錢。總數大約一萬元。

「我得打電話，」他告訴自己。就在這時，門鈴響了。

是那個不愛說話的信差。他已經到了退休的年紀，披著老舊的風衣，從維克多手中接過檔案夾收進公事包，然後拿出另一個檔案夾給維克多，朝他點了點頭便急忙下樓。

維克多目送信差離開，接著返回屋內，將檔案夾扔在餐桌上。他走到起居室的電話旁，但又開始顫抖。他心裡有一樣東西攔住了他。

「我得打這通電話。」他反覆告訴自己，但雙腳依然分毫不動，只是默默望著電話，彷佛它會自己撥號，自己傳達該說的訊息。

最後他終於撥了診所的電話。他跟接電話的人說要找伊利亞．賽米歐諾維奇，但對方說獸醫出去了。維克多大大鬆了一口氣。

那天他沒有再撥第二次電話，而是埋頭工作，到妮娜和桑妮埡回家時，他已經寫好了三份緬懷文。再寫兩份他就可以打給總編輯了，讓他瞧瞧他的工作速度有多快！

隔天早上，李歐夏打電話來。

「老兄，明天有一場大葬禮。」

「米沙恐怕沒辦法加入你們了，」維克多疲憊地說。「牠上一回參加葬禮結果著涼了，目前還不知道牠挺不挺得過去。」

李歐夏嚇壞了。維克多將情況一五一十告訴他。

「聽著，」李歐夏說。「假如錯在我，就由我來解決吧。牠在哪裡？」

維克多給了他伊利亞．賽米歐諾維奇的電話號碼。

「好，我會再跟你聯絡，」他說：「別太難過了。」

那天晚上他又打電話來。

「沒事了，」他向維克多保證。「他們會處理錢的事，還有手術相關的一切。那傢伙不錯，我是說伊利亞．賽米歐諾維奇。他會每天給你電話，告訴你最新消息……對了，」他突然問道：「你明天能跟我去嗎？一起去守靈。」

「所以現在我是企鵝了。」維克多喪氣地說。

回到打字機前，維克多忽然滿懷希望又心生警覺。他們（他可以料想到他們是哪些人）決定支付手術費，而且照這樣看也會去找心臟……

這簡直是恐怖電影的情節，而維克多一點也不喜歡恐怖片。

他搖搖頭，試著揮除這份聯想，繼續思考他們。他們為何決定替他處理？他們有這麼好心，那麼喜歡動物嗎？還是他們欠了他什麼？或是欠了米沙？

維克多很快就被這些問題搞累了。於是他決定想別的事，但思緒還是繞著那隻生病的企鵝打轉。

他突然想起那個電視節目和漂亮的女主持人，想到她呼籲觀眾贊助空運一架次的物資到南極的烏克蘭科學工作站。維克多開始尋找上頭記著捐款帳號和聯絡電話的那張字條。

他腦中忽然浮現一個令人開心的想法。要是米沙能活下來，他一定要讓牠搭乘那班飛機回南極去。他願意出錢，只要他們讓他的企鵝回到那片冰寒荒地……他會開給他們一個無法拒絕的數字。

這個點子讓他滿心歡喜，開始興奮地打起剩下的緬懷文，兩小時後就完成了。

那天晚上，伊利亞・賽米歐諾維奇打電話來。

「你知道事情都處理好了吧？」他說。

「嗯。」

「我得說你還眞交到了一些好朋友。你家米沙目前狀態穩定，我們正準備進行手術。」

「所有東西都準備好了嗎？」

「還沒，我想還要兩、三天吧。我明天會再打電話來。」

半小時後，桑妮娅吃完晚餐，問他米沙怎麼樣了。

「牠正在好起來。」維克多心中石頭落地，輕鬆地說。

67

那天晚上，維克多熬夜了。妮娜和桑妮埡應該早就夢周公去了，他卻依然待在黑漆漆的廚房裡，望著對街樓房的燈一盞盞暗去。

他不想睡，但並非失眠，而是純粹享受注視城市沉睡的那份平靜與安寧。鬧鐘已經擺回窗台，但滴答聲不再令他心煩意亂。他的焦躁已經過去，思緒也受到這份寧靜影響，不再橫衝直撞，而是有如和緩的小溪潺潺流動。

經歷了這麼多震撼、不愉快的發現和隨之而來的陰鬱猜疑，以及一些寧可忘記也不要了解或視爲稀鬆平常的時刻，維克多的生活似乎又回到了常軌。而唯有處於正常才能思考未來。唯有努力向前，不要駐足探究某些謎題或改變生活的本質，才能擁有未來。生命是一條道路，若是突然轉折，道路就會拉長。道路越長，生命越長。在生命道路上，過程勝於抵達，畢竟所有人的終點都一樣，就是死亡。

他之前就是突然遇到了轉折，只能摸索一扇扇關上的門，只留下和門接觸過的痕跡。然而，那些痕跡確實跟著他，在他的記憶裡，在不再是負擔的過去中。

對街樓房只剩三扇窗亮著，而他想找的那一扇不在裡面。那幾扇窗裡的人在做什麼，維克多不感興趣。他只想見到昨晚失眠見到的女人。但就算沒見到她，也無礙於他內心的平靜。

維克多似乎發現了長壽的祕訣。長壽來自平靜，平靜帶來自信，而自信能讓人避開無謂的不安、轉變與波折，讓人做出能長壽的決定。自信才有未來。

維克多望著那個未來，彷彿生來頭一回見到似的，清楚看見了一切阻礙他走上平靜之道的障礙。而奇怪的是，這一切障礙都和他深愛的米沙間接有關。米沙什麼也沒做，只是不經意爲維克多的生命帶來了波折。米沙讓他捲入了一小圈可悲的人當中，而那些人死亡率越來越高。現在米沙可以讓他擺脫他們。去掉米沙之後，李歐夏和他的望遠鏡也會消失，還有那些鍍金把手棺木。他生活中的兩大罪惡只會剩下一個，也就是他的工作。但他早已接受了那份罪惡，別人的罪惡，而他只是以每個月三百元的代價用哲學爲那些罪惡搽脂抹粉。他只是罪惡的推手，不是元凶。

想像米沙處在荒涼的南極大陸讓他心情愉快。這是唯一的解決方法，對他們倆都好，都是解脫。只要手術順利的話。至於願意支付手術費的他們，就算他們不喜歡企鵝消失不見，又能奈他何？畢竟他可是擁有神祕的保護，連已過世的人類米沙和跟人類米沙亦敵亦友的塞爾蓋·契卡林都敬畏三分的保護。

維克多心滿意足地笑了，因爲他似乎找到了未來生活平靜而規律的節奏。

對街樓房最後一扇亮著的窗也暗了，朦朧的月光顯得更加明亮。

68

就這樣又過了幾天。每天傍晚電話就會響起，伊利亞．賽米歐諾維奇打來報告米沙的狀況，每次都說（跟天氣和維克多的狀況一樣）很穩定。妮娜和桑妮埡每天一早就會不見蹤影，因爲妮娜突然覺得應該帶桑妮埡認識春天，兩人就像上課一樣開始研究起春天來了。她們似乎很喜歡這個遊戲，而維克多也很享受她們不在的時光，因爲這樣他就能安靜工作了。緬懷文寫得快又輕鬆，他以爲總編輯會打電話來讚美他，但並沒有。除了伊利亞．賽米歐諾維奇外，沒有人打電話來。所有來電的人當中，就只有地方民兵塞爾蓋對他毫無所求。還有誰也處在他生活的陰暗面？負責大場面葬禮的警衛李歐夏嗎？他終究會打來的，這一點毋庸置疑。而且他也沒那麼壞。李歐夏也活在轉折中。他發現了自己的生存之道，便抓著不放。以現在這世道，這或許不是小成就。這麼做不是爲了讓人羨慕，除非有人認爲你不夠格。

下午三點左右，伊利亞．賽米歐諾維奇打電話來了。

「我們昨晚動手術了，」他說。「目前一切都好，沒有器官排斥的現象。」

維克多很開心，向他道了謝，問他什麼時候能帶米沙回家。

「我想還得要一陣子，」伊利亞・賽米歐諾維奇說。「康復期是六週……但我會讓你知道狀況。說不定不用那麼久，再看吧。」

維克多沖了咖啡離開廚房走到陽台，對著太陽瞇起眼睛。一道微風吹來，感覺格外清涼。空氣中飄著愉悅的清新，以及朝陽還不穩定的暖意。微風的柔弱與陽光的持續結合在一起，感覺眞是神奇。溫暖和清新。這就是喚醒生命、讓地表出現生命的動力。

咖啡很淡，但他不想喝濃咖啡。濃咖啡現在只會讓人想到冬天，想到對抗昏沉睡意、日照太少和苦苦等待溫暖。

他可以打電話給南極委員會了。喜愛溫暖的他可以開開心心待在這裡，而米沙可以開開心心待在南極。

回到起居室，他經過桑妮埡畫的那張全家福，畫裡的企鵝讓他停下腳步。

他笑著嘆了口氣，對自己和自己想到的解決方法感到一絲驕傲，心想決定別人的命運比決定自己的人生容易多了。尤其當他所有試圖改變人生的努力只帶來更差勁、更沉重的後果，更讓他覺得無論改變的性質爲何，只會越改越糟。

69

南極委員會辦公室位於一家飛機製造廠行政大樓的二樓，是兩個併連的房間，門上刻著令人懷念的「黨支部」三個字。

維克多大約十一點抵達辦公室。他事前打了電話，但沒有提到企鵝。在電話裡提到企鵝就太蠢了，只會讓對方覺得他在胡扯或瘋了，因此他只表達自己有意出資贊助。

他在製造廠大門等了五分鐘才有一名身穿灰色西裝的男子下樓接他。男子身材削瘦，年約四十五歲，名叫瓦倫廷．伊凡諾維奇，是南極委員會的主席，態度親切有禮，非常適合擔任募款的角色。他先給了維克多一杯咖啡，接著推開門走進隔壁的辦公室。

「你瞧，捐贈幾乎都是物資，」他指著成排紙箱和堆滿角落的罐頭說。「不過我們來者不拒，就算過期品也照收不誤。有人捐贈總是好的。有些人會捐錢，南方建設銀行就捐贈了三百元。我們當然比較喜歡捐款。飛機需要燃料，我們徒有機長卻無用武之處。」

維克多同情地點點頭。

回到第一間辦公室後，瓦倫廷．伊凡諾維奇拿出文件，上頭載明了他們收到的所有物資和捐款。

維克多翻閱文件，發現其中一名贊助者捐贈了一大批中國燉肉罐頭。

「那裡面的東西不是全部，」瓦倫廷．伊凡諾維奇補充道。「設備和保暖衣物記在其他地方。我們還收到兩桶葵花油。」

「飛機哪時候出發？」維克多問。

「五月九號，勝利紀念日那天。我們中途會停靠幾個地方，所以必須事前通知對方。不過，恕我直言，你打算資助什麼呢？捐款還是物資？」

「捐款，」維克多答道。「不過有一個條件。」

「說吧。」瓦倫廷．伊凡諾維奇盯著維克多說。

「一年前，動物園買不起食物，於是我就收養了一隻企鵝。現在我想把牠送到南極，回到牠的家鄉……這才是我眞正的用意。」

主席不露神色，表情和維克多一樣嚴肅，只有湛藍眼眸閃過一絲嘲諷，洩漏了他的情緒。兩人盯著對方，好像在比誰先撇開頭去。但過了一、兩分鐘，主席垂下目光，若有所思望著桌子。

「你願意爲這位乘客出資多少呢？」他低著頭問。

「兩千元左右。」

維克多不想討價還價。目前進展還算順利，那怪異的眼神，不管它是嘲諷還是猜疑，都不會影響這樁生意。

瓦倫廷．伊凡諾維奇陷入沉思，就這樣過了一、兩分鐘。

「付現嗎？」他盯著維克多問。

維克多點點頭。

「很好，」主席說。「我們可以幫你載送那位乘客。你能在一、兩天內支付這筆款項，並且在飛機出發當天早上九點把企鵝送過來嗎？飛機大約中午起飛。」

回家途中，維克多走在陽光燦爛的街道上，心情竟然有些焦慮。他這麼隨意就決定了米沙的命運，讓他不禁思考自己的人生。五月九日就剩他一人了。雖然他還有妮娜和桑妮婭，有她們自由來去的陪伴，但他不會忘記米沙。

他不期盼妮娜和桑妮婭會對他有感情，也不期望自己會對她們產生情感。難道這一切只是在扮家家酒？也許吧，但妮娜似乎很適合，而桑妮婭還太小，自然無法理解。大人是她生活中理所當然的存在，而她對自己的爸媽似乎沒有任何印象了。也許他該試著愛上妮娜和桑妮婭，也讓她們愛上他，好讓他們這一個怪異的組合成爲眞正的一家人。

70

四月即將結束，暖春讓基輔市綠意盎然，預備迎接栗樹花開。然而，維克多的生活步調卻慢了下來。上一回信差來收緬懷文時，竟然沒給他新檔案。他聯絡總編輯，對方告訴他暫時不會有新的工作進來。意外停工讓維克多措手不及，完全沒有準備。之前一切都照著計畫走。他早已經付了兩千元給瓦倫廷．伊凡諾維奇，伊利亞．賽米歐諾維奇也每天來電報告米沙的康復進度，沒想到現在突然發生這種事。

妮娜又開始考慮鄉間別墅的事，每週都會拿著新的廣告回來。只要是她畫線的部分，維克多都會耐心研究。他覺得他們似乎該行動了，儘快買一間有花園的鄉間小屋，這樣他們三人才能在夏天準備就緒。但他同時又有些意興闌珊。

他心想，一切過了五月九日就會結束了。現在的古怪心情只是因為沒有工作和等著米沙離開的緣故。

桑妮亞越來越少問起米沙，維克多覺得很高興。他現在幾乎相信這隻企鵝就算消失了，桑妮娅也不會大哭大鬧。反倒是他自己有些害怕與遺憾，因爲他不難想像自己日後會很想念米沙。

不過木已成舟，也就脫離了他的掌控。他沒有必要幼稚地自怨自艾。

李歐夏打電話來。

「事情很順利，眞是太好了！」他說。「再過兩週，我們就可以在某人的守靈儀式上舉杯慶祝你家的企鵝健康了！」

沒錯，維克多心想，臉上終於露出了微笑。他已經很久沒笑了。

妮娜去探望塞爾蓋的母親，回來時帶了一張郵局的包裹提領單。

兩人坐在桌前享用晚餐。時間還很早，才剛要六點。

「眞好玩，」妮娜說。「包裹應該是塞爾蓋寄的，但上頭的字不是他的，而且得付二十元匯差，好像從國外寄來的一樣。」

「我們是在國外沒錯，」維克多鬱鬱不樂地說，一邊用鈍掉的餐刀切肉。

「我這塊肉好老。」妮娜抱怨道。

「我幫妳切。」維克多說完俯身靠向妮娜，幫她切肉。

「刀子需要磨了。」妮娜說。

「我會處理的。」他答應道。

「你可以跟我一起去郵局嗎？」兩人飯後喝茶時，妮娜問道。「免得包裹很重我搬不動。」

「當然。」

那天晚上，桑妮婭又在電視機前睡著了。他們將她抱到沙發上，替她蓋好毯子並轉低音量，接著一起看了梅爾．吉勃遜主演的最新賣座電影，看完血腥結局才上床就寢。

隔天早上，他們付了二十元匯差將包裹領出來。是一個滿重的紙箱，上頭斜斜貼著「**易碎物品，小心輕放**」的貼條。

「這不是他的字！」妮娜看著紙箱上的地址高聲說道。

維克多拿起包裹，裡面傳出金屬撞擊聲。

他又瞄了貼條一眼，搖了搖頭。

「聽起來裡面的東西好像破了。」他說。

「那二十元就白花了，」妮娜不是很高興。「我們先拿回家拆開來看吧，不必直接拿去給他媽媽，免得東西壞了只會讓她難過。」

回到住處，他們先稱讚了桑妮婭剛畫完的畫，接著便到廚房桌前拆包裹。結果裡面是一個古怪的深綠色四角甕，上頭還蓋了一個小蓋子，用膠帶黏住。

是銅甕嗎？維克多一邊打量一邊這麼想。

「甕裡有東西，」妮娜說。「你看，還有一封信。」

信只有一張紙，摺成兩半。

他看著妮娜讀信，只見她面色鐵青，雙唇蠕動，兩手顫抖，讀完一言不發將信遞給他。

敬愛的塞爾蓋夫人：

俄羅斯克拉斯諾普雷斯涅斯克市民兵處要我代他們寫信給您，我想應該是因爲我也是烏克蘭人，老家在頓涅茨克，還有我和塞爾蓋是朋友。他是個很出色的夥伴。我不知該從何說起，只想告訴您他因公殉職了。出事地點不在莫斯科。他並不想去，但命令就是命令。內政處財政局給了我們一道難題。他們只願意負擔下葬或火化的費用，但下葬地點很遠，在奧列霍沃祖耶佛。我們這群來自烏克蘭的人決定將他火化，這樣至少能在家鄉安葬。在此致上我們誠摯的哀悼之意。

尼可萊・普洛柯倫科

代 克拉斯諾普雷斯涅斯克市民兵處

讀完信後，維克多抬頭又看了四角甕一眼。妮娜已經跑到走廊去了。他聽見她在哭泣。

他捧起綠甕試探地搖了搖，甕裡發出古怪低沉的沙沙聲。他將甕放回桌上。

悲傷的沙沙聲止息後，他鬱悶地想，塞爾蓋就剩下這些了。

浴室傳來水聲。過了不久，妮娜回到廚房，兩眼通紅，臉上還沾著水珠。

「我不能告訴他母親，」她說。「她會受不了的。我們自己埋了他吧。」

維克多點點頭。

71

又過了幾天。時間依然慢如蝸牛，沉沉壓著維克多。雖然陽光和煦，他還是待在室內。有兩、三次他從桌下拿出打字機試著寫點東西，但思緒和想像力看到白紙就像癱瘓了一樣，動彈不得。

他或許應該讀點東西，例如報紙上人人愛看的社會版，尋找名人和題材。

他想起自己剛開始寫緬懷文時腸枯思竭的感覺，心想那些名人現在不知道怎麼樣了？

深綠色的四角甕擺在窗台上。收到包裹那天，爲了清出桌子吃午餐，他就把甕移到那裡了。只要看到它，就會想起塞爾蓋，想起他們在他的鄉間別墅慶祝新年和帶著米沙在冰上野餐。他有一種奇怪的感覺，覺得自己再也不會有這種快樂了。他望著那只怪甕，看著它造作的銅綠，不敢相信這就是塞爾蓋遺體的新家。對他來說，這東西還是很稀奇，是來自另一個世界的無聲訪客。它放在廚房雖然令人困惑，卻沒有違和感。那柔滑的銅綠似乎擁有生命，而甕裡雖然裝著骨灰，本身卻像活物。他無法相信它和塞爾蓋有關，跟活著的或死掉的他都沒關係。不可能。塞爾蓋消失了就是消失了，不在那甕裡或任何地方。

傍晚左右，妮娜和桑妮埡回來了。

維克多探頭到走廊，桑妮埡一邊換鞋一邊說：「有一個叔叔問起你喔。」

「什麼叔叔？」維克多驚訝地問。

「一個年輕的胖叔叔。」桑妮埡說。

他還是很驚訝，轉頭望著妮娜。

「那人說是你朋友，」妮娜解釋道。「只是想知道你最近好嗎，在做什麼。」

「他還買了冰淇淋給我們吃。」桑妮埡說。

妮娜煮了烤雞晚餐。飯後的喝茶時間，妮娜從袋子裡拿出一則廣告。

「你瞧，」她將廣告遞給維克多說。「看起來滿理想的。在孔查薩斯帕，占地零點一公頃，價錢不貴。」

雙層鄉間別墅，他讀著廣告，四房，占地零點一公頃，附全新花園，售價一萬兩千元。

「很好，」他說。「我們應該打電話。」

不過，伊利亞·賽米歐諾維奇先打來了，鄉間別墅的事立刻被拋到了腦後。

「牠可以活動了，正在病房裡走動。」獸醫說。

「我可以去接牠嗎？」

「呃，我想我們還需要再觀察牠十天。」

「五月七日或八日可以嗎？」

「嗯，應該可以。」

維克多如釋重負嘆了口氣，掛上電話。他瞄了陽台一眼，發現天還亮著。

「我出去遛達個十分鐘。」他在走廊高喊，一邊穿上了運動鞋。

72

又過了兩天，離之前的勝利紀念日更近了。

維克多還是打了電話去問孔查薩斯帕的鄉間別墅，並約好週日去看房子。妮娜覺得他們一定會喜歡那間別墅。

現在這種天氣，再爛的鄉間別墅也會是天堂。維克多站在陽台啜飲咖啡，心裡這麼想。正午陽光熾熱，雖然偶有微風，但連風都是暖的，有如巨無霸吹風機吹出來的熱氣。

他決定五月九日一過就打電話給總編輯，跟他要點工作來做，否則一定會覺得無聊……不然他們三個人也可以暫時拋開一切，去克里米亞度假兩週。但鄉間別墅怎麼辦？不行，他們得先去看房子。因爲要是他們買了鄉間別墅，又何必去克里米亞？

妮娜和桑妮垭大約五點回到家。

「妳們去哪裡了？」他問。

「我們去親水公園，」妮娜說。「划船。」

「已經有人在游泳了。」桑妮埡補充道。

「我們又遇到你朋友了，」妮娜說。「他有點怪。」

「什麼朋友？」

「就是那個請我們吃冰淇淋還問你近況如何的朋友。」

維克多想了想。

「他長相如何？」

「胖胖的，大約三十歲，」妮娜聳聳肩說。「很普通……就坐在地鐵站外面的咖啡館，我們常坐的那張桌子。」

「他問說你愛不愛我，」桑妮埡說。「我說不怎麼愛。」

維克多不安了起來。就算他從前的舊識裡頭，也沒有三十多歲胖胖的人。

「他還問了什麼？」

妮娜低著頭想了想。

「喔，他還問了你的工作，問你喜不喜歡你的工作……是不是還在寫故事……他說他之前很喜歡讀。喔，還有我可以拿你寫的東西給他看嗎……趁你沒發現的時候……因爲作家都很討厭別人讀到自己的手稿，他說。」

「他這麼說，」維克多冷冷地說。「妳怎麼回答？」

「她說她會想辦法。」桑妮埡代替她回答。

「我才沒說，」妮娜說。「他說基輔是個小地方，我們還會再碰面的。我沒說手稿的事。」

那人到底是誰，維克多心想，還有他爲什麼會問起他？

維克多百思不解，便聳聳肩走到陽台，靠在欄杆上低頭望著中庭。正方形中庭鋪著柏油，曬衣繩縱橫交錯繫在白色鋼筋混凝土柱子上，掛滿了洗好的衣服，幾個小孩在旁邊玩。左邊一輛台漆成白色的裝卸車，車旁有幾只舊錫桶。再過去從陽台看不見，就是他冬天偶爾會帶米沙和桑妮埡去散步的廢棄空地，有三間鴿舍。**老地方春天平面圖……**

他將思緒拉回到那個探聽他的胖年輕人身上。

也許他在跟蹤她們，維克多心想。他又低頭望著中庭。不然他怎麼知道他們是一家人？公寓入口坐著兩個老頭子，下一個入口也坐了幾個人。幾名年輕人穿越了對面街廓，彼此大聲爭執。

沒有可疑狀況，也沒有可疑人物。

維克多安心地走回屋內。

73

那天晚上，他又夜不成眠。他在漆黑之中傾聽妮娜沉穩的呼吸，感覺到她溫熱的氣息，心裡又開始思考那位刺探者是誰、來自哪裡、有什麼企圖，還有他愛不愛桑妮婭的那個怪問題。

他越想越不安，心情就越不平靜，睡意也就離他更遠了。她們的確被跟蹤了。他一定也是，所以最好別再那麼常出門。

他小心翼翼溜下床，沒有吵醒妮娜。他披上睡袍走到了陽台。夜空星光點點，帶著悅人的清新，沉睡的城市籠罩在徹底的寂靜中。對街樓房的窗都暗了，樓下中庭入夜之後沒了活動，宛如沒有演員的舞台。

不過，假如眞的有人在跟蹤他們，那些傢伙應該躲在車裡，熄了車燈停在對街路口才對。於是他抓著欄杆探身出去，上下看了整條街，發現路口停了兩輛車，想到自己簡直像被害妄想症似的，不禁露出苦笑。

他回到臥房，但直到破曉才沉入夢鄉。

隔天早上，維克多靠著濃咖啡恢復到興奮、興致勃勃的狀態，接著洗澡並刮了鬍子。早餐後，妮娜和桑妮埡又準備好要進城了。

「妳們今天會去哪裡？」他問妮娜。

「還是親水公園。那裡很好，遊樂設施都修好了。」

她們一離開，維克多立刻將臉貼著廚房窗戶上掃視樓下的中庭，然後緊緊盯著入口。妮娜和桑妮埡出現之後，他又掃了中庭一眼，發現對街樓房下一名短小精壯的男子站了起來，緩緩跟著她們朝公車站走去。走了二十公尺後，那男子停下腳步回頭張望，只見一輛莫斯克維奇轎車駛了過來。男子跳上前座，車子就開走了。

維克多看得一頭霧水，便匆匆穿上鞋子離開了住處。

公車站空空蕩蕩，公車已經走了。他招了一輛便車，五分鐘後已經在地鐵站的手扶梯上了。

他越思考這個奇怪的跟蹤和刺探，就越摸不著頭腦。還有那個身穿鬆垮足球衣的傢伙和一輛沒有大人物會死在裡頭的那種車——妮娜第二次提到那個打探他的胖年輕人時，他的警覺心和危機意識似乎沒有聯想到這兩者。

不過怪歸怪，一定有人在跟蹤妮娜，希望再一次在城裡遇到她，問她更多他的事情。有人盯上他了，而他唯一能慶幸的是，那個身穿運動服的平頭小伙子和那輛最新款的進口車跟此事無關。

既然如此，他就不必害怕了。但謎題依然存在，而且必須解決。

在地鐵上，他突然發現自己很喜歡這場遊戲，應該說這個讓他把事情搞清楚的機會。他的自信又回來了，彷彿他再次被人提醒自己是受保護的，儘管他始終猜不透原因，但既然人類米沙和塞爾蓋．契卡林都帶著三分敬畏提到過，他想肯定沒錯，有人在保護他不被某樣東西傷害。

他出了地鐵站就往右轉，在一個擺了幾十副墨鏡的攤位前停下來。攤位旁一名年約二十歲的女孩坐在摺疊椅上，同樣戴著墨鏡。

維克多想也不想就拿起老派的水滴形墨鏡開始試戴，接著又試了幾副台灣貨。最後他終於選了一副，付了錢隨即戴上。

空氣裡飄著土耳其烤肉的香味。雖然是週間，親水公園的攤販區還是很熱鬧，人行道上大多數桌子都被占滿了。維克多找到一個空位，點了一杯咖啡和干邑白蘭地，沒有摘下墨鏡，開始左右張望。

他沒看到妮娜和桑妮埡，但瞥見另一張熟悉的臉孔。那男子年約四十，維克多曾經在幾次大型葬禮上見到他。他坐在隔壁咖啡館外，跟一名高䠷優雅的女士同桌。女士穿著繫皮帶的藍色洋裝，裙子有點短。兩人喝著啤酒低聲交談。

維克多看了他們幾分鐘，接著又開始環顧四周。

女侍者端來他的白蘭地咖啡，請他付錢。女侍者離開後，他喝著白蘭地咖啡，暫時將桑妮婭和妮娜拋在了腦後。

再過四天就得送走米沙了。他很好奇移植的心臟到底從何而來？

坐了大約半小時後，維克多起身走到船泊處，然後往回直接穿越地鐵站，來到親水公園的另外半邊。那裡的夏日咖啡館也坐了一些人，但人數較少。他走到小溪橋上才回頭，再過去就是海灘和運動場。他在離地鐵站有一點距離的一間咖啡館找到位子，點了一杯百事可樂，再次環顧四周。

她們一定在某個地方，維克多一邊想著，一邊記下坐在幾十張桌前的每個人的身材、外形與臉龐。

他忽然注意到一個小女孩。那女孩在步道旁的草地上玩耍，附近幾張木椅等距排好，大約離他一百五十公尺遠。最靠近小女孩的椅子上坐了兩個人，不過他只看得到兩人的後腦勺。

維克多放下可樂，起身沿著兩條步道之間的草地走。走到距離小女孩二、三十公尺遠時，他已經百分之百確定了。那女孩就是桑妮婭。她正在草地裡找尋或觀察什麼。

他停下腳步回頭朝咖啡館走，沿著通往廁所的步道，走到他能看見坐著的那兩人是誰的地方。

他在廁所外停了下來，回頭往桑妮埡望去，同時推高墨鏡好看得更清楚。

妮娜坐在木椅上跟足球衣男低聲交談。正確來說是他說她聽，她偶爾點頭回應。

爲了不啓人疑竇，維克多走進廁所，然後出來往咖啡館走。

途中他朝那邊瞄了一眼。現在換成她在說話，而足球衣男在聽了。

他忽然覺得自己很蠢。不僅跟蹤失去了意義，這一連串事件背後的原因也瞬間乏味到了極點。那傢伙顯然一片痴心，正在追求妮娜，但看到她老是帶著一個小女孩，肯定覺得她名花有主，因此打算暗中動手，試試機會。這時假裝自己是她丈夫的老友就是不錯的招數了。

那又怎樣？維克多一邊想著，一邊走下地鐵站的台階來到月台。祝你好運了，肥仔！

他回到家之後又過了很久，妮娜和桑妮埡才回來。

「散步很愉快嗎？」他問。

「愉快呀，」妮娜將茶壺放到爐子上說。「天氣棒極了！你竟然窩在家裡！」

「反正我們後天就要到鄉下去了，我到時再呼吸新鮮空氣就好。」

「後天？」

「去看鄉間別墅呀。」

「對喔！」妮娜揮手說。「我都忘了。要喝茶嗎？」

「好。妳今天有見到我朋友嗎？」

「還是同一個人，」妮娜聳聳肩，語氣平平地說。「叫寇亞……一直在講自己的事，說他從小就想當作家了，後來投身成爲記者……還有他的婚姻出了什麼差錯。」

「他沒再問我的事了？」

「沒有，但他一直要我給他一張你的相片，好看看你這些年有沒有變，還說要請我和桑妮婭吃義大利冰淇淋作爲報答。」

「他瘋了嗎？」維克多說，但這話比較像是說給自己聽的，而非妮娜。「他要我的相片做什麼？」

妮娜又聳聳肩。

「你們有約好再見面嗎？」維克多用詢問的眼光望著她說。

「沒有，但我有說我明天可能還是會去親水公園。」

「好，」他冷冷地說。「那我給妳一張相片。」

妮娜驚訝地抬起頭來。

「我做錯了什麼？」她用受傷的口吻說。「難道我得避開你的老朋友？」

維克多一言不發走出廚房，從桑妮婭身旁走過。桑妮婭在起居室地板上玩芭比夢幻屋。

他甩上臥室的門，到床邊櫥櫃拿出一個舊卷宗，從裡頭甩出一捆相片掉在地毯上。他翻看相片，挑出一張他和前女友妮卡的合照，將其餘相片收回舊卷宗裡，接著拿出剪刀將妮卡剪掉。他站在鏡子前比較自己和相片中的他。是有地方不一樣了，可是難以言喻。相片是四年前拍的，在克雷希夏提克街，拍照的是街頭攝影師。

他回到廚房，將剪過的相片遞給妮娜說：「拿去。」

妮娜一臉狐疑地望著他。

「拿著，免得他下次再提，」他又說，試著讓語氣稍微溫暖一些。「還有代我向他問好。」

妮娜拿起相片端詳了幾眼，接著到走廊將相片收進她掛在鉤子上的手提袋裡。

74

隔天早上，妮娜和桑妮埡一出門，維克多就從衣櫃上層取出黑色購物袋，拿出依然像禮物一樣收好的手槍。沉重冰涼的金屬握在手上，感覺好像灼傷了他的皮膚。他手掌握住刻著凹槽的槍把，將槍瞄準衣櫥鏡子裡的自己。

他忽然想起米沙有時會站在這一面大鏡子前凝望自己的身影。為什麼？是因為寂寞嗎？還是因為找不到同伴？

維克多垂下手臂，察覺掌心有一種抵觸感，彷彿兩種不相容的元素發生了化學反應。他將槍扔在地毯上，低頭檢查自己的手掌。掌心白得嚇人，彷彿被金屬的冰冷和重量奪去了血色。

他嘆息一聲，彎下腰拾起手槍插進牛仔褲口袋裡，接著又瞄了一眼鏡子，看見露出口袋的黑色槍把和手槍明顯的輪廓。

他打開衣櫥，拿出一件舊的藍色連帽防風夾克穿上，又看了一眼鏡子。很好！只是地毯上的陽光顯示這套衣服不適合今天這種夏日的溫暖。

他拉上夾克拉鍊，離開了住處。

親水公園依然人滿爲患。

今天是週六，他坐在其中一家人行道咖啡館的桌前這麼想。

他環顧左右，發現很多人也穿錯了季節，便覺得寬心不少。這些人只是普通的白痴，平凡得很，不可能都藏著武器！其中一個傢伙穿了一件像是尼龍纖維做的皮草外套。不過，他的確比維克多老了許多，因此問題可能出在年紀。

「一杯咖啡和干邑白蘭地。」維克多對僵硬立正在他面前的侍者說。

地鐵站外擺滿桌子和攤位的小廣場突然暗了下來。維克多很高興雲來了，這下他的衣服就搭得上天氣了。

他一邊等著咖啡和干邑白蘭地，一邊觀察四周。他沒看見妮娜和桑妮婭，不過她們肯定在公園裡，所以他並不擔心。

十五分鐘後，他起身從兩座網球場中間走到奧克霍尼特餐廳的遺址，然後原路折返，接著又從橋下走到親水公園的另一邊，經過妮娜和那個祕密打探他消息的傢伙前一天坐的地方。

那又怎麼樣？他一邊找人，一邊這麼想著。他很快就會知道那個叫寇亞的男人爲何對他和他的相片感興趣了。

走著走著，步道變成了小徑，於是他回頭朝橫跨水道的小橋走。他在橋上停下腳步，彎身靠著欄杆。水道右邊是姆林餐廳，寬闊的陽台延伸到水面上，感覺有些陰沉。遊客圍桌而坐，但維克多要找的人不在裡面。陽台下停了一輛銀色的加長型林肯轎車，很像人類米沙的座車。

陽光再度露臉，四周的景色瞬間從黑白變爲彩色。小溪舞動嬉戲，綻放翠綠的波光。小橋的水泥欄杆由白轉黃，摸起來不僅粗糙還很溫暖，彷彿從裡面透出光亮。

維克多回頭朝露天咖啡館走去，忽然僵住不動：妮娜和桑妮亞出現了。但只有她們兩人。桑妮亞端著長玻璃杯，裡面裝了三球不同顏色的冰淇淋，妮娜則是在喝咖啡。

維克多左右張望，心想：那個愛打聽的肥仔呢？

他挑了一張離她們稍遠的桌子坐下，點了一杯咖啡。

妮娜和桑妮亞聊著天，不時轉頭朝地鐵站出口瞥一眼。

十五分鐘過去了。維克多喝完咖啡但沒有起身，沉浸在不請自來的回憶裡。

待他回過神來，妮娜那一桌已經變成三個人了。肥仔來了，女侍者正端了咖啡過去。

維克多冷眼旁觀，只見桑妮亞靜靜坐著，妮娜對肥仔侃侃而談。肥仔笑得合不攏嘴，一張月亮臉變得更圓了。他從白色夏季外套的口袋裡掏出一條巧克力棒拿給妮娜，妮娜拆開包裝紙，維克多看見巧克力已經融了，黏在了錫箔紙上。妮娜舔了一口，將錫箔紙遞給肥仔。

維克多一陣噁心，忍不住撇開頭去。他很想繼續監視，但脖子痛得厲害。於是他按摩了脖子幾下，然後重新回頭。

肥仔已經起身站在塑膠桌旁。他比手畫腳說著話，似乎想邀她們去某個地方。

妮娜和桑妮埡也起身離開，三人一齊朝維克多的方向走來。

維克多全身緊繃，一時不知該如何躲藏，只好彎身趴在桌上，背對著他們即將走過的人行道。

忽然間，他將椅子往後一推，彎身假裝重繫鞋帶。

「妳喜歡馬戲團嗎？」裝可愛的男人聲音從他背後傳來。

「喜歡。」桑妮埡說。維克多身體彎得更低了。

「我們去過兩次，」妮娜接口說，聲音漸行漸遠。「第一次看到老虎，第二次……」

維克多又等了三十秒才直起身子，朝他們離開的方向望去。

他們朝橫跨小溪的小橋走，但沒有上橋，而是直接右轉。

維克多拔腿追到橋邊，正好看見他們走進姆林餐廳。

維克多走到橋上，但這回望著相反的方向，對著弗拉迪米爾高地。過了十分鐘左右，他轉身朝餐廳望去，只見他們已經坐在陽台上，肥仔正在跟侍者交談，妮娜在跟桑妮埡說話。

他沒有看見妮娜把相片交給肥仔，但他們桌上那瓶香檳比剛才他們分享融化的巧克力更讓他火冒三丈。就算他看見妮娜將相片交給肥仔，也不可能這麼氣憤填膺。因爲相片在他預料之中，香檳和巧克力卻沒有。

陽光依舊燦爛，維克多穿著連帽防風夾克熱得難受，讓他更加惱怒。他這會兒靠在欄杆上，再次注視著桑妮婭。桑妮婭在吃冰淇淋，妮娜和肥仔喝著香檳，不時嚐幾口冰淇淋。

一小時後，他們離開餐廳，維克多立刻遠遠尾隨在後。他們走到橋下的地鐵站入口停了下來，維克多也停下腳步，沒有靠近。

肥仔的告別還滿普通的，沒有跟妮娜吻頰道別。維克多帶著惡毒的嘲諷注視著兩人行禮如儀，肥仔轉身消失在地鐵站裡，妮娜和桑妮婭朝親水公園的另一邊走去。

維克多匆匆追上肥仔，看見他在月台上，便躲到一根柱子後方。

他們搭上市區地鐵，從相鄰的兩個車門上車。維克多總算能好好端詳這傢伙。只見肥仔側身站在不遠處，正在看貼在窗內的幾十則廣告。

這是維克多頭一回近距離打量他。肥仔穿著寬鬆的鼠灰色帆布長褲和白色夏季外套，裡面是一件深橘色的足球衫。

他的長相沒什麼特色，跟誰都像，也跟誰都不像。完全沒有特徵顯示他既缺乏個性，也沒有工作。

肥仔在中央車站下了車，維克多也一樣。他突然發現自己離肥仔太近，便刻意放慢腳步，直到肥仔上了電梯，其他乘客也進去了，他才搭上電梯，以便繼續監視他。

他們穿越車站月台，經由地下道從烏里茨基街口走出地鐵站。維克多跟著肥仔一起等電車，搭了兩站之後又跟著肥仔一起下車。

肥仔曾經朝他的方向望了一眼，但僅此而已。他要嘛不認得維克多，要嘛就是眼不夠尖。

街上相當冷清，維克多待在電車站按兵不動，看著肥仔走向停車場旁的走道，朝一棟距離馬路有點遠的高樓走去。

維克多緩緩跟上，看見肥仔朝大樓入口走去，便停下腳步等對方進去。

接著他一眨眼就跑到了入口，站在開著的門前豎耳傾聽，同時瞥見那輛熟悉的藍色莫斯克維奇轎車就停在大樓外。

入口大廳空空蕩蕩，悄然無聲，只有電梯嗡嗡作響。貨用電梯門開了，但客用電梯的門還關著，上方一排小燈泡仍然逐一緩緩往上亮起。後來嗡鳴聲停了，小燈泡也熄了一盞，是第十三個。

維克多走進貨用電梯，按了十三樓。

電梯門開，畫滿塗鴉的牆壁迎面而來，地上到處是扔棄的紙箱。

前方是一條漆黑長廊，飄著狗味。

維克多經過一道道房門，豎耳諦聽房裡的動靜，其中一扇門後傳來狗兒淒厲的哀號。長廊一頭有一扇窗，但照進來的光線微弱，只到電梯門的一半。

維克多走到長廊較暗的那一頭停下來，再次豎耳傾聽。其中一扇門外擺著一輛兒童腳踏車，對面門外則掛著一個車胎罩，用掛鎖固定在水管或天然氣管上。他走過去貼在門邊，裡面傳來微弱的聲響，有人開門、沖馬桶。

維克多的眼睛已經適應了半黑的環境，看見門板貼著棕色人工假皮，門鈴則是黑色的。他用門前皺成一團的破布擦了擦鞋子，突然猶豫了起來。那感覺似曾相識又可以理解。他心想追查肥仔的動機到底值不值得？要是他不肯說呢？

他摸了摸口袋，手槍依然沉甸甸壓著大腿。知道槍還在，讓他的心安定下來。人人都有權滿足好奇心，維克多心想，現在輪到我了。

他果決地按了黑色電鈴，門後奏出四小節的〈莫斯科近郊的晚上〉。低低的腳步聲來到門邊。

「誰呀？」男人喘著氣說。

「我是鄰居。」

門鎖喀噠一響，房門開了一道縫隙。只見一名年約五十、穿著長睡褲和汗衫的男子探出頭來。

維克多愣愣望著那張沒刮鬍子的圓臉。

「有何貴幹？」那男人說。

維克多將他頂開走進了玄關。他無視於目瞪口呆的屋主，匆匆掃視房內一眼，發現肥仔躲在浴室房門後面往這裡偷看。

「你要做什麼？」睡褲男勉強脫身，開口問道。

「他！」維克多指著前方說。

睡褲男順著維克多的手指望去。

「你找寇亞？」他驚詫地問。

寇亞顯然嚇到了，聳了聳肩。

「你是哪位？」他緩緩問道。

維克多搖搖頭，一臉訝異。

「你明知故問！」他說。

他示意肥仔到廚房去。

肥仔和維克多一前一後走進了廚房。

「你想做什麼？」肥仔背靠窗戶問道。

「我想知道你爲什麼需要我的相片，而且對我的生活這麼感興趣。」

肥仔露出恍然大悟的神情。他若有所思地望著不請自來的訪客，從白色夏季外套內面的口袋裡緩緩掏出相片，看看相片又看看維克多。

肥仔一臉喪氣，維克多勇氣大增。

「我在聽！」他語帶威脅地說。

肥仔一言不發。

維克多緩緩拉開連帽防風夾克，掏出自動手槍。他沒有擺明威脅肥仔，只是讓對方知道他的意思。

肥仔舔舔嘴唇，彷彿雙唇突然變乾了。

「我不能說。」他顫抖著聲音回答。

維克多聽見窸窣的腳步聲，便隨即回頭並舉起手槍，只見眼前是另一張恐懼的面孔。

「滾開。」他說，睡褲男立刻退回玄關。

「怎麼樣？」維克多眼露凶光，他的耐性已經快用完了。

「我答應做事……」肥仔開口道。「這是我的第一項任務。」

「做什麼事？」

「跟報紙……算是採訪稿……」他聲音顫抖。「我之前在其他部門……這一個比較好賺。」

算是採訪稿？他這幾個月寫的就是這些東西？肥仔是來替代他的嗎？

不好的預感讓他噤聲，壓抑許久的恐懼再度抬頭，拚命占據他的思緒與感覺。

「你要相片做什麼用？」維克多冷冷地說。

「相片不重要，只不過因爲我知道了那麼多你的事，所以想見見你的長相。」

「我的長相……我的長相干你什麼事？我寫採訪稿的時候，對方的臉對我一點意義也沒有。讓我瞧瞧你寫了什麼！」

肥仔沒有動作。

「我不能，萬一他們發現——」

「他們不會的！」

肥仔經過走廊走進臥室，臥室窗邊一張書桌，上頭擺著打字機，機器兩旁都是整齊疊好的稿紙。事實上，整間臥房都整齊到了極點。但空氣很悶、很窒息，彷彿幾個月沒通風了。

肥仔走到桌前，維克多緊隨在後。

肥仔雙手顫抖，轉身望著不速之客。

「快點拿出來！」維克多催促道。

肥仔重重嘆了口氣，從綠色檔案夾裡掏出一張紙。

維克多．佐洛塔尤夫短暫而精采的一生足以寫成夠分量的三部曲，未來也一定有人爲他出書立傳，只是此時得有人爲他撰寫訃聞，作爲他人生三部曲的一個悲傷的註腳。

維克多若是堅守文學或新聞的崗位，都將注定成爲無名作家。雖然他明顯缺乏文學天分，卻極擅長發明人物和情節。他沒有步上其他無名作家的後塵，成爲緘默的政客、無所求的橡皮圖章。出於對政治的熱衷，他意外發現了一個應用他天分的管道。

維克多的生平大多成謎，包括他何時跟國家安全局A組取得了聯繫。不過由於這份關係，讓維克多．佐洛塔尤夫迷上了「清理」社會的理念。儘管他的政治文學活動突然中斷，但目前已有證據顯示其部分成效，包括一百一十八人離奇死亡或遇害。用西方人的話來講，這些離世者個個「大有來頭」。從部會首長到廠長，這些人都有黑暗的歷史，被國家安全局列案存查，但由於首長免責權和司法腐敗，使得這些人逍遙法外。事後看來，國安局顯然就是因此而找上了維克多．佐洛塔尤夫。他所寫的「生者訃聞」成爲獨特的喪鐘，爲那些人物的死亡提供了正當的理由。

接受（已故）助理美術編輯辦公室聘用擔任獨立記者，爲維克多提供了完美的掩護。

目前還有許多細節尚未明朗，但可以確定維克多不僅利用死亡預告來實現社會正義，甚至預定了死亡日期與方式，有時手法甚至過於殘酷。根據他自殺用的斯捷奇・金手槍的彈道測試報告，他可能親自參與了一起以上的社會清理行動，因爲亞孔尼茲基部長便是遭人用這把手槍擊斃，並從六樓扔下。

維克多・佐洛塔尤夫的私人生活也是虛構多於眞實，只有一隻企鵝是他唯一的眞愛。他非常喜歡那隻企鵝，當牠罹患重病，他甚至不惜安排移植人類兒童的器官，不顧道德考量，向車禍重傷不治的男孩的家長買下男孩的心臟。

他和黑道大老的牽連同樣成謎，而企鵝正是他在黑幫的諢名。駭人的是他經常出席他所協助殺害的人的葬禮，完成一個獨特的循環：從撰寫死亡預告到跟著死者親友出席死者的守靈儀式。

如今，維克多接獲和執行的社會清理行動已經爲人所知，我們期望未來能獲悉完整的細節。政府已經成立首長委員會進行調查，國安局a組主任也遭撤職。雖然主任和接任者的姓名不能公開，但我們有理由相信類似事件未來不會再度發生，國安局所有單位再也無權判人生死，連罪犯也不例外。

我們的國家還很年輕。維克多・佐洛塔尤夫對我國文學毫無貢獻，但對烏克蘭政治局勢的影響不僅將成爲首長委員會的調查重點，更會成爲其他作家好奇的主題。誰知道呢？或許未來會有人爲此撰寫小說，不僅比維克多・佐洛塔尤夫本人更加成功，也存活更久。

他抬頭望著肥仔，肥仔也看著他，等他發表意見。

維克多一言不發地將稿子放到桌上，突然感到沉重的負荷。

他想起總編輯對他說的話：**只有當你做的這件事和你這個人都不再有用處了，你才會知道事情的全部。**

右手上的沉重將他的思緒拉回到槍上。他現在知道那是斯捷奇金手槍了。

肥仔盯著維克多，圓乎乎的臉上不再浮現恐懼的神色，雙唇有如正在構思似的蠕動著。

他看著態度放軟、不再咄咄逼人的維克多，終於開口探問：「怎麼樣？」

維克多一臉疲憊地望著他。「什麼怎麼樣？」

「呃，對於我寫的……」

「內容乾得要命……開頭很爛……寫得跟小報一樣……拿去！」他將手槍遞給一臉驚詫的肥仔，對他說：「讓你留著紀念，看到就想起我。」

肥仔瞪著維克多，將槍捧在手中。

維克多的右手終於恢復了自由。把槍交給肥仔就像甩掉病毒一樣。維克多默默轉身，走出了公寓。

75

維克多在數百名乘客來來往往的中央車站等待大廳坐到午夜，聽著模糊不清的列車進站和發車通知。

他穿著連帽防風夾克動也不動。

他不再恐懼，但不是放棄或屈服。讀到自己的緬懷文雖然震驚，但車站的繁忙嘈雜已經讓他恢復過來。好吧，他死期將至，而且昭然若揭。將他塑造成未來名人的那些傢伙已經爲他設定好了結局（自殺）與時間。他不曉得他們是誰，照理應該對任何坐在或走過他附近的人心驚膽顫。但恐懼沒有意義，還有機會活著的人才需要害怕。維克多坐在車站裡，看不出自己還有活命的機會，雖然他很想多活一陣子，就算一、兩天也好。

但他同時也很受傷，自己的緬懷文竟然出自一個毫無天分的人之手。

他自己來會寫得更好，維克多心裡想，但立刻丟開了這個念頭，只覺得愚蠢又噁心。

而且那傢伙爲何沒提到妮娜和桑妮埡？爲什麼只提到米沙？有人比他還認識他自己，而且替他建檔的那些人顯然知道得比他還多，例如他們連心臟的來源都曉得，而他卻毫無所知。

即將抵達九號月台的是從利維夫開往莫斯科的班車，模糊微弱的廣播說。坐在他身旁的一名女士突然起身，背起沉重的背包和幾個非常大的購物袋。

他覺得很不自在，因爲他擋到他們的路了，而且那些人一旦離開，這整排座椅就空了。於是他也起身離開，走向車站出口。

他將近一點才回到住處。他輕輕將門關上，脫下鞋子。

妮娜和桑妮娅都睡了。

維克多沒有開燈，逕自坐在廚房桌前，望著窗外對街樓房的窗戶。只有一扇窗亮著，在二樓，公寓入口正上方。他覺得應該是女管理員的家。

他看見窗台角落擺了一個美乃滋罐，裡面插了一根蠟燭，勾起了心中的回憶，便從爐子邊拿了火柴，將罐子擺到桌上，點燃了蠟燭。

焦躁的燭火在廚房牆上留下顫抖的陰影。維克多沉迷地看了一會兒，接著拿出紙和筆寫下了：

親愛的妮娜：

桑妮娅的錢放在衣櫥上層的袋子裡。我得離開一陣子，請代我照顧她。等風頭過了我就回來……

祝好！

維克多

最後一句話不言而喻。維克多本來想在底下畫線，最後只是重讀了幾遍。那個句子很有安慰效果。

他補上這幾個字後將字條推開，望著燭火沉思良久。

深綠色的骨灰罈依然擺在窗台上，罈身映著柔和的燭光。

鬍鬚男李歐夏很喜歡「風格」這個詞。也許他維克多也應該發明自己的風格，在自殺前做一件新鮮事，例如去一個沒去過也不會有人想要找他的地方！

燭光照著一張苦笑的臉。

他悄悄走進臥室打開衣櫥，從冬季夾克口袋裡拿出他和米沙一起賺的錢，接著回到廚房又看了一眼窗外。天這麼黑，外頭一定很冷。他再度返回臥室，拿了一件毛衣穿在連帽防風夾克底下。他將沉甸甸的一捆鈔票放進口袋，然後離開了公寓。

76

他花了十元要計程車司機將他載到強尼賭場的門口，一名穿著黑色西裝的彪形大漢擋住了他的去路。對方的魁梧身材和凶狠態度讓維克多忍不住笑了出來。他掏出那捆鈔票在壯漢面前甩了甩，接著從中抽了一張，完全不看面額就塞到警衛胸前的口袋裡。警衛退開了。

櫃檯小姐穿著雪白上衣、脖子圍著淺藍圍巾坐在窗口後方打盹。就夜生活場所而言，這地方太安靜了。他困惑地看了一圈，沒想到會是這種景象。

他敲敲窗口。櫃檯小姐醒了，看見他一襲連帽防風夾克，露出了驚訝的表情。

他掏出一百元，換了幾個不同顏色的籌碼。

「你第一次來？」櫃檯小姐見他動作遲疑，便問他說：「這是用來代替錢的，你可以在酒吧用，也可以拿來下注。」

維克多環顧左右，不曉得該往哪兒走。

「那裡。」櫃檯小姐突然開口，指著一道厚厚的綠色簾子說。

維克多發現自己來到了另一個世界，跟他想像的比較接近，只不過還是很平和安靜。他估計整間賭場不會超過七個人。一個男的坐在桌前跟莊家玩賭輪盤，另一桌坐了三個男的。兩個男的在玩撲克牌。賭場裡放著輕音樂，酒吧走廊閃著霓虹燈，一名年輕女子端著一杯酒從那裡走了過來。

維克多走到只有一名賭客的那張桌子。那名賭客可能是日本或韓國人，正一臉屈辱憤恨地下賭注。

維克多在他身旁坐下，看他怎麼動作，然後自己也下了注。

小球在輪盤裡滾動、停止，莊家將幾枚籌碼推到維克多面前。

他贏了！

他之前只在電影裡見過輪盤，而眼前的經歷就像一部他沒看過的電影。他突然豁出去了，將所有籌碼押在紅色，結果又贏了。那個日本還是韓國佬臉上清清楚楚寫滿了不可置信。

維克多將籌碼全部押在雙數，結果又贏了。

眞無聊。他將籌碼塞進連帽防風夾克口袋裡，走到吧檯用一枚籌碼點了大杯的干邑白蘭地，找回三枚另一種顏色的籌碼。

玩具錢幣、玩具價格、玩具人——這裡眞的是兒童世界……

維克多拿著酒回到賭桌區，坐在同一張桌前押了一把籌碼，然後又贏了。

新手運氣好，他這麼認爲。

那個日本還是韓國佬走了，只剩維克多一個人繼續玩。他每押必中，塑膠籌碼很快就塞滿了兩個口袋。

「請問，」他問身穿白襯衫和黑領結、態度優雅的年輕莊家：「我該怎麼處理這些籌碼？」

「換回現金。」莊家回答。

維克多點點頭，繼續下注贏錢。

後來他回到吧檯，然後去了餐廳，遇見一個看不出身材、也看不出年紀的矮胖女人。兩人到旅館開了房間……他只記得那女人的胳膊眞有力量。

隔天早上，維克多獨自醒來，腦袋嗡嗡作響。他起身走到窗邊，望著窗外熟悉的廣場和小市場。

他決定哪裡也不去。他還有一堆用不到的錢……

維克多突然起了疑心，便從椅子上拿起連帽防風夾克摸了摸口袋，沒想到那捆鈔票和滿滿的籌碼都還在。

梳洗更衣後，他下樓到餐廳用幾枚籌碼換來一頓豐盛的早餐和更多酒。他回到房間一路睡到傍晚，然後再次下樓，這回的目的地是賭場。

第二晚的手氣比第一晚還要好。他不斷贏錢，完全不顧後果。他隱約知道一直贏下去不好，但這很奇怪，因爲賭博不就是爲了贏錢？

在賭桌上贏了一輪，維克多走到櫃檯。那裡沒有人，不過一名年約十七、同樣身穿白襯衫和黑領結、態度優雅的年輕人顯然看到了他，便出現在櫃檯前。

維克多開始從連帽防風夾克口袋裡掏出籌碼，撒在窗口前的架子上。

他看見年輕人眼裡閃過一絲戒愼，便停下動作望著對方。

年輕人微微搖頭，動作小得幾乎無法察覺。

「你不能全部兌現，」他低聲說。「否則絕對走不出這裡。」

「那我該怎麼做？」維克多有點困惑地問。

「玩到早上，然後打電話叫朋友到門口等你。」

「這是潛規則是吧？」維克多面露驚訝，醉醺醺地說。

「不是，」年輕人回答。「我們跟大多數賭場不一樣，完全照規矩來。」說完他朝維克多昨晚經過的綠色簾子點了點頭。

維克多將籌碼留在窗口，走過去推開簾子瞧了一眼，只見不到五公尺外的旅館大廳站了四名凶神惡煞正在聊天。其中一人朝他促狹地眨了眨眼。

維克多收起籌碼回到賭桌繼續下注，直到接近黎明才在酒吧裡一張舒服的黑色皮沙發上睡著了。

早上九點左右，某人伸手到他口袋翻找旅館鑰匙才將他吵醒。那人找到鑰匙後便送他返回房間。

到了第三晚，他覺得賭運似乎離他而去了。他眼前一片迷濛，幾乎看不清自己將籌碼放在哪裡。但他還是繼續贏錢，到最後連穿著帥氣、髮型俐落的莊家和警衛都面無表情，冷冷瞪著他，讓他害怕了起來。

快到清晨時，其中一人走到他身邊。

「需要我們護送你回家嗎？」他皮笑肉不笑地問。

「回家？」對維克多來說，「家」是個恐嚇的字眼。

「別擔心，我們會開禮車送你，甚至派保鑣同行，若你需要的話。你可以兌換籌碼，也可以留在這裡明天再來。」

「日期呢？」維克多突然問。

「五月九日。」皮笑肉不笑男說。

「時間呢？」

「七點半。」

維克多試著思考。五月九日。那天不僅是過去的勝利紀念日，還是米沙班機的起飛日……只不過不是現在。米沙在提歐凡尼亞診所，他們會在那裡等，急著讓維克多已無生氣的手握著那把斯捷奇金手槍。

他遲疑片刻後問：「你們一小時後可以載我到飛機製造廠嗎？」

他們一臉驚訝地望著他。

「當然可以，」皮笑肉不笑男說。「要人陪同嗎？」

維克多點點頭。

那人離開了。

禮車非常大，維克多從來沒見過這樣的車，感覺就像坐在房間裡。保鑣從小冰箱裡拿出一瓶琴湯尼給他。

他們沿著勝利大道往前開。隔著隔熱玻璃，維克多看見許多路人駐足望著禮車經過。

他心滿意足地笑了，又喝了一口琴湯尼。他的酒還沒醒。他從口袋掏出一把籌碼遞給保鑣，保鑣道謝收了下來。

車子停在飛機製造廠門口，保鑣問：「接下來呢？」

「請南極委員會的瓦倫廷·伊凡諾維奇過來找我。」

保鑣下了車，維克多望著保鑣鎮定通過檢查哨，消失在廠房裡。沒有人攔他。

五分鐘後，保鑣回來了。

「他來了。」保鑣指著檢查哨說。

「你可以回去了。」維克多下車說。

瓦倫廷．伊凡諾維奇神情戒愼恐懼，但一見到維克多就大大鬆了一口氣。

「唉！我還以爲是誰呢？原來是你，」他說。「企鵝呢？」

「我就是企鵝。」維克多冷冷地說。

瓦倫廷．伊凡諾維奇若有所思地點了點頭。

「走吧，」他說：「我們正在裝貨。」

愛讀本 011

企鵝的憂鬱【挺烏克蘭版】

Смерть постороннего

作者　安德烈・克考夫 Andrey Kurkov
譯者　穆卓芸
出版者　愛米粒出版有限公司
地址　台北市10445中山北路二段26巷2號2樓
編輯部專線　(02) 25622159
傳真　(02) 25818761

如果您對本書或本出版公司有任何意見，歡迎來電

總編輯　莊靜君
印刷　上好印刷股份有限公司
電話　(04) 23150280
初版　二〇一五年（民104）十二月一日
二版　二〇二二年（民111）五月十日
定價　420元

讀者專線　TEL：(02)23672044 / (04)23595819#230
FAX：(02)23635741 / (04)23595493
E-mail：service@morningstar.com.tw
網路書店　http：//www.morningstar.com.tw
郵政劃撥　15060393（知己圖書股份有限公司）

法律顧問　陳思成
國際書碼　ISBN：978-626-95924-1-8　CIP：880.57 / 111005313

愛米粒出版有限公司
Emily Publishing Company, Ltd.

因為閱讀，我們放膽作夢，恣意飛翔——

在看書成了非必要奢侈品，文學小說式微的年代，愛米粒堅持出版好看的故事，讓世界多一點想像力，多一點希望。

愛米粒出版
Emily

當讀者碰上愛米粒

掃回函 QR Code 線上填寫回函資料，即可獲得晨星網路書店 50 元購書優惠券。

線上回函
QR Code

愛米粒 FB：https://www.facebook.com/emilypublishing

更多愛米粒出版社的書訊

晨星網路書店愛米粒專區
https://www.morningstar.com.tw/emily

愛米粒的外國與文學讀書會
https://www.facebook.com/groups/emilybooks